Enid Blyton • Bravo, Schwarze 7

DIE AUTORIN

Enid Blyton starb 1968 im Alter von 71 Jahren. Bereits zu Lebzeiten war sie eine der beliebtesten und bekanntesten englischen Autorinnen. Es gibt wohl kaum einen Schriftsteller, der größeren Einfluss auf das Kinderbuch der Nachkriegszeit hatte. Enid Blyton liebte die Kinder in aller Welt und schrieb für sie etwa 700 Bücher, 10 000 Kurzgeschichten, viele Lieder, Gedichte und Theaterstücke.

Von Enid Blyton sind bei C. Bertelsmann bzw. OMNIBUS die folgenden Reihen erschienen: »Fünf Freunde«, »Fünf Freunde und Du«, »Die verwegenen 4«, »Die Schwarze 7«, »Rätsel um …« und, als Sammelband, »Lissy im Internat«.

Enid Blyton

Bravo, Schwarze 7

Orbis Verlag

Genehmigte Sonderausgabe 2000
Orbis Verlag für Publizistik, München
in der Verlagsgruppe Bertelsmann GmbH

Umwelthinweis:
Dieses Buch wurde auf chlorfrei gebleichtem
Papier gedruckt.

Gesetzt nach den Regeln der Rechtschreibreform

Die Originalausgabe erschien unter dem Titel
»Well Done Secret Seven«
bei Hodder & Stoughton Ltd, London

Übersetzung: Heinke Mißfeldt
Titelillustration: Norbert Pautner
bm · DTP-Satz und Herstellung: Barbara Rabus
Druck: GGP Media, Pößneck
ISBN 3-572-01207-4
Printed in Germany

Inhalt

Heiße Tage

»Wo ist mein Abzeichen? Wo ist mein Abzeichen?«, jammerte Janet. »Ich weiß genau, ich habe es in diese Schublade getan.«

Und in hohem Bogen sausten Taschentücher, Socken und Bänder durch die Luft.

»Janet!« Ihre Mutter war ärgerlich. »Guck mal, was du da tust! Erst heute Morgen habe ich deine Schublade aufgeräumt. Was suchst du denn? – Dein *Schwarze-Sieben*-Abzeichen?«

»Ja! Gleich ist Versammlung und ich kann ohne Abzeichen nicht hingehen.« Janet weinte beinahe. »Peter lässt mich dann nicht hinein, das weiß ich ganz sicher. Er nimmt es sehr genau mit den Abzeichen.« Und der nächste Regen von Taschentüchern flog durch die Luft.

»Na, jetzt findest du es bestimmt nicht mehr in der Schublade.« Ihre Mutter bückte sich und hob den kleinen roten Knopf mit der schwarzen Sieben auf. »Du hast es mit den Taschentüchern weggeworfen, du Dummerle!«

»Oh, gib es mir schnell, Mutti, gib es bitte!«, rief Janet. Aber die Mutter dachte nicht daran.

»Nein! Zuerst sammelst du deine Siebensachen auf und räumst alles tadellos ein«, bestimmte sie.

»Aber die *Schwarze Sieben* trifft sich doch schon in fünf Minuten!«, rief Janet verzweifelt. »Peter ist längst unten im Schuppen.«

»Dann kommst du eben zu spät.« Ihre Mutter blieb hart und nahm den kleinen Knopf mit. Janet seufzte. Sie sammelte alles auf und stopfte es so ordentlich wie möglich in die Schublade. Dann rannte sie nach unten.

»Fertig! Und ich verspreche dir, ich räume das alles noch einmal ganz ordentlich nach dem Treffen ein. Ich verspreche es wirklich!«

Die Mutter lachte. Sie hielt Janet das kleine Abzeichen hin. »Hier. Du und deine *Schwarze Sieben*! Dass ihr es in dem kleinen muffigen Schuppen bei dieser Hitze überhaupt aushaltet! Müsst ihr denn die ganze Zeit Fenster und Tür so eisern verschlossen halten?«

»Müssen wir«, sagte Janet und steckte stolz ihr Abzeichen an. »Es ist ja ein Geheimbund, und wir können es nicht riskieren, dass uns irgendwer belauscht, wenn auch in der letzten Zeit gar nichts Besonderes los war. Im Gegenteil, es muss endlich wieder einmal etwas passieren, etwas Tolles, so ein richtiges Abenteuer – ach ja ...«

»Nimm die Keksdose mit«, schlug ihre Mutter vor. »Und du kannst auch eine Flasche Limo haben. – Hier kommt Lump, um dich zu suchen!«

Der gute Spaniel mit dem goldbraunen Seidenfell trottete durch den Raum. »Wau«, sagte er zu Janet. »Wau!«

»Ja, ja, ich weiß, ich komme zu spät.« Janet gab ihm einen Klaps. »Peter schickt dich wohl, um mich zu holen? Nun komm! Vielen Dank für die Kekse und die Limo, Mutti.«

Sie lief den Gartenweg entlang und presste Keksdose und Limoflasche fest an sich. Sie hörte schon Stimmen, als sie sich dem Schuppen näherte. Es klang, als wenn alle anderen sechs Mitglieder bereits da wären. Janet bullerte gegen die Tür und Lump warf sich auch dagegen.

»Kennwort!«, gellten sechs Stimmen.

»Abenteuer!«, schrie Janet zurück. Das war das Kennwort dieser Woche. Keiner durfte zu einem Treffen kommen, ohne das Kennwort zu sagen.

Die Tür flog auf und Janets Bruder, Peter, stand stirnrunzelnd im Türrahmen. »Musstest du denn unser Kennwort so laut durch die Gegend schreien?«, erkundigte er sich.

»Tut mir Leid«, entschuldigte sich Janet. »Aber ihr habt mich alle so angebrüllt, da hab ich eben auch gebrüllt. Abgesehen davon: Hier ist niemand, der uns hören könnte. Und da, ich habe Kekse mitgebracht und Limo.«

Peter sah erst nach, ob sie auch ihr Abzeichen trug.

Er hatte wohl bemerkt, wie seine Schwester vor zehn Minuten noch wie wild Jagd darauf machte, und er war fest entschlossen, sie nicht hereinzulassen, wenn sie es nicht finden würde. Aber nun war es ja da; es steckte an ihrem Kleid.

Janet trat ein. Peter schloss die Schuppentür und schob den Riegel vor. Das Fenster war auch verschlossen. Eine heiße Sommersonne schien durch die Scheibe. Janet blies die Backen auf.

»Mein Gott, hier ist es ja kochend heiß! Im Ernst, ich schmelze gleich.«

»Wir schmelzen alle«, sagte Pam. »Dies ist wirklich ein verrückter Versammlungsort, wenn es so heiß ist. Warum können wir uns nicht irgendwo draußen treffen, vielleicht im Wald unter schattigen Bäumen?«

»Nein.« Jack war dagegen. »Meine Schwester Susi wird sich dann immer da herumtreiben und sie wird ihren albernen Freundinnen davon erzählen und die werden sich verstecken und plötzlich hervorbrechen oder uns belauschen. Dann wäre nichts mehr geheim an unserem Geheimbund.«

»Wir müssen uns eben ein Versteck aussuchen, wo es kühl ist und wir doch nicht entdeckt werden«, riet Colin. »Ich habe zum Beispiel ein wunderbares Versteck im Garten, wo mich niemand finden kann, und kühl ist es dort auch.«

»Wo ist denn das?«, erkundigte sich Jack.

»In einem Baum«, erzählte Colin. »Wir haben einen großen Baum im Garten mit breiten Ästen in halber Höhe. Ich habe Kissen raufgebracht und eine kleine Kiste, in der man alles Mögliche aufbewahren kann. Es ist kühl und luftig da oben und die Zweige schaukeln im Wind. Und ich habe eine herrliche Sicht rundum. Ich sehe schon von weitem, wenn jemand kommt, um mich zu suchen.«

Alle hörten schweigend zu. Dann sahen sie sich mit leuchtenden Augen an.

»Glänzende Idee!«, rief Peter. »Das wollen wir auch! Wir wollen ein Haus hoch oben in einem Baum haben, wo wir uns treffen können, ohne dass es jemand merkt. Ja, das wollen wir!«

Im Windwald

Die *Schwarze Sieben* sprach die neue Idee genau durch. Alle hielten den Vorschlag für sehr gut, und Colin war stolz, dass es sein Einfall war.

»Wenn wir einen Baum finden, der groß genug ist und dessen Äste flach genug sind, hätten wir wirklich einen guten Treffpunkt«, überlegte Peter. »Wir könnten Bretter hinaufbringen und Kisten und Kissen und ein kleines Depot anlegen für Kekse und Saft und Bücher und so.«

»Das wäre prima.« Janet strahlte. »Niemals würde jemand erraten, dass wir dort sind, und niemand könnte hören, was wir sagen.«

»Dann lasst uns jetzt endlich diesen heißen Schuppen verlassen und auf die Suche gehen«, drängte Colin. »Ich weiß nun genau, wie ein Eis am Stiel sich fühlt, wenn es anfängt zu schmelzen. Und Lump keucht, als wenn er einen Wettlauf hinter sich hätte.«

Das stimmte. Lumps rosa Zunge hing heraus, ganz lang, und er hechelte laut.

Peter stand auf.

»Komm, mein Alter. Du kannst aus dem Fluss trinken, wenn wir nachher daran vorbeikommen.«

Die Keksdose nahmen sie mit, aber aus der Limoflasche tranken sie erst jeder einen tüchtigen Schluck, bevor es losging. Lump stürzte voraus zum Fluss, sobald er merkte, dass der Weg dorthin führen sollte.

»He, trink nicht den ganzen Fluss aus!«, rief Peter. Lump schlappte und schlappte. Sie gingen weiter und ließen ihn ruhig trinken. »Gehen wir zum Windwald«, schlug Colin vor. »Da gibt es ein paar riesige Bäume, die ganz leicht zu besteigen sind.«

Im Windwald war es herrlich kühl und schattig. »Nun müssen wir uns gut umsehen, ob wir einen passenden Baum finden«, meinte Jack. »Einen Baum, der für sieben groß genug ist.«

»Ja, und Lump?«, fragte Janet plötzlich. »Der kann nicht auf Bäume klettern. Er kann dann nicht mehr zu den Treffen kommen.«

»Wir können ihm ja eine Art Geschirr machen und ihn hinaufziehen«, überlegte Georg.

»Das mag er gewiss nicht«, sagte Peter. »Und außerdem ist er ja gar kein richtiges Mitglied. Er braucht nicht dabei zu sein. Aber er kann am Fuß des Baumes Wache halten und uns beschützen.«

»O ja, er kann bellen, wenn sich jemand nähert«, begeisterte sich Barbara. »Er wird ein prächtiger Türhüter sein.«

»Baumhüter«, verbesserte Pam. »Was haltet ihr von diesem Baum? Der ist riesig.«

»Nicht viel«, stellte Peter fest, nachdem er die Äste begutachtet hatte. »Die Zweige sitzen nicht tief genug zum Hinaufsteigen. Wir brauchen einen Baum, auf den man ganz leicht hinaufkann, sonst vergeuden wir viel zu viel Zeit mit dem Rauf- und Runterklettern.«

Sie teilten sich und hielten nach geeigneten Bäumen Ausschau. So viele gab es gar nicht, die wirklich in Frage kamen. Georg fand einen, von dem er dachte, er sei genau richtig. Aber als er ein Stück hinaufgeklettert war, sah er, dass man da oben kein Baumhaus bauen konnte.

»Nichts zu machen!«, rief er hinunter. »Die Zweige

wachsen zu sehr durcheinander und sind auch viel zu dick.«

Er kam gerade herunter, als Jack rief: »Kommt doch einmal her. Was haltet ihr von diesem Baum?«

Sie rannten hin und begutachteten Jacks Baum. »Ja«, meinte Colin, »der scheint nicht schlecht zu sein. Ein niedriger Zweig in Hüfthöhe, um hinaufzusteigen – genug Platz, um die Füße zu setzen – dann wieder ein Zweig zum Festhalten – und vor allem oben eine Menge kleiner Zweige. Ich klettre mal rauf und seh mir's an.«

»Nein, das tu ich«, protestierte Jack. »Ich habe diesen Baum gefunden. Du kannst nach mir raufkommen.«

Er stand schon auf dem untersten Zweig und enterte hinauf, indem er seine Füße in die Astgabeln und auf Knorpel am Stamm setzte, die wie geschaffen waren als Fußstützen. Die Zweige waren immer gerade am richtigen Fleck, um sich daran festzuhalten, und dann kam Jack an eine Stelle, wo mehrere große Äste fast waagerecht nach allen Seiten aus dem Stamm wuchsen.

»Der Baum ist gut!«, rief er hinunter. »Sechs Äste sind da, alle in gleicher Höhe, und ein Loch im Stamm, aus dem man gut eine Vorratskammer machen könnte. Kommt rauf! Es ist Platz genug für alle.«

Voller Aufregung kletterten die anderen hinauf. Peter als Letzter, für den Fall, dass die Mädchen ausrutschten und Hilfe brauchten. Aber es war wirklich ein Baum, der leicht zu besteigen war, und niemand brauchte irgendwelche Hilfe.

»Das ist gewiss die dickste Eiche im ganzen Windwald«, meinte Peter, als sie alle auf der Plattform saßen. »Wie gut, dass hier so viele Zweige in gleicher Höhe wachsen. Wo ist denn das Loch, von dem du erzählt hast, Jack?«

»Hier.« Jack zeigte darauf und rückte von dem Baumstamm ab, an den er sich gelehnt hatte. Sie sahen alle, dass es ein großes Loch war. Jack griff hinein und tastete es ab.

»Zwei Fuß wird es wohl tief sein«, meinte er. »Das wird ein guter Vorratsraum für uns; genau das, was wir brauchen. Soll das nun unser *Schwarze-Sieben-*Baum werden, unser neuer Treffpunkt?«

»Ja«, riefen alle einstimmig, und sie überlegten, was sie alles tun konnten, um ein richtiges Baumhaus daraus zu machen.

Peter zog sein Notizbuch aus der Tasche.

»Also los«, sagte er. »Bitte immer nur einen Vorschlag. Ich schreibe sie alle auf.«

Ideen hatten sie genug. »Wir könnten schmale Bretter quer über die Zweige legen und so eine richtige kleine Plattform bauen«, schlug Colin vor. »Wir haben zu Hause welche im Schuppen.«

»Ja, und wir brauchen Taue, um die Bretter zu befestigen«, meinte Jack.

»Und Kissen zum Sitzen.« Pam war für Bequemlichkeit. »Wir müssen sie dann nur immer in das Loch stopfen, wenn wir gehen, für den Fall, dass es regnet.«

»Das geht nicht. Das Loch ist nicht groß genug«, sagte Jack.

»Ach, ich kann eine alte wasserdichte Gummiplane mitbringen, damit können wir dann alles abdecken, wenn wir gehen«, sagte Barbara.

»Gute Idee.« Peter schrieb alles in sein Notizbuch. »Sonst noch ein Vorschlag?«

»Ja, Vorräte für das Loch im Baum«, meinte Janet. »Und unzerbrechliche Becher und so. Das bringe ich mit. Mutti erlaubt immer, dass wir sie nehmen, wenn wir sie brauchen. Wir müssen sie nur ab und zu zurückbringen und vorzeigen.«

»Prima.« Peter kritzelte immer schneller. »Bretter für die Plattform kannst du also beschaffen, Colin?«

»Das Tau bringe ich mit«, sagte Jack.

Pam: »Ich die Kissen.«

Barbara: »Die Gummiplane ich.«

»Ich die Becher«, rief Janet. »Und du, Georg?«

»Ich werde für Schokolade sorgen«, versprach Georg. »Wir haben gerade vor einigen Tagen ein dickes Paket aus Amerika bekommen, Berge von Schokolade. Meine Mutter hat gesagt, die Hälfte könnte ich haben.«

»Ausgezeichnet«, sagte Peter. »Und ich werde dann die Getränke übernehmen. Oha, wir werden hier eine herrliche Zeit haben. Es wird ein wundervoller Treffpunkt werden. Aber nun geh bloß nicht hin und erzähl deiner grässlichen Schwester davon, Jack.«

»Als wenn ich Susi auch nur eine Silbe verraten würde!«, meinte Jack verächtlich. »Wann werden wir anfangen mit dem Baumhaus?«

»Warum nicht gleich morgen?«, sagte Peter. »Keiner will verreisen. Und wir brauchen sicher nicht lange, um alles hinzubefördern. Dieser Platz ist wie geschaffen für ein Baumhaus.«

Da ertönte ein lautes und trauriges Gebell vom Fuß des Baumes. Verzweifeltes Scharren folgte. »Oh, armer Lump«, rief Janet. »Die ganze Zeit hat er sicher schon auf uns gewartet. Der möchte jetzt klettern können wie unsere Katze. Dann wäre er im Nu bei uns oben.«

»Wir kommen, Lump«, rief Peter. Er betrachtete

noch einmal den ganzen Baum. »Er könnte wirklich nicht besser sein«, stellte er fest. »Ach, jetzt haben wir nur noch einen einzigen Wunsch!«

»Was denn?«, fragte Jack beim Hinuntersteigen.

»Eine neue Aufgabe für die *Schwarze Sieben*«, sagte Peter. »Es scheint mir schon Jahre her zu sein seit dem letzten Abenteuer, dem letzten Geheimnis oder der letzten Aufregung.«

»Ich bin nur froh, dass du das endlich mal ausgesprochen hast«, meinte Pam. »Immer wenn du sagst, es passiere nichts, dann geht es nämlich los.«

»Hoffentlich hast du Recht«, sagte Peter. Er teilte die buschigen Zweige hinter sich. »Wie weit man von hier aus sehen kann!«, sagte er. »Über den ganzen Windwald bis zu den Hügeln. Ich sehe sogar die Straße, die sich den Hügel hinaufwindet, und Autos darauf auch.«

»Kommt jetzt«, rief Jack, der bereits halb unten war. »Es ist schon reichlich spät. Ich bekomme sicher Ärger zu Hause. Meine Mutter sagt immer, unsere Versammlungen dauerten eine Stunde zu lange.«

»Das war heute ein wirklich gutes Treffen«, sagte Colin und rutschte etwas zu schnell den Stamm hinab. »Uff, jetzt hab ich meine Hosen zerrissen!«

»Kein Wunder, wenn man den Baum wie eine Kletterstange runterrutscht!« Barbara lachte.

Lump bereitete ihnen ein tobendes Willkommen. Er

sprang an jedem Einzelnen hoch, als die sieben Kinder nun auf die Erde sprangen, und bellte und leckte alle ab. Peter grinste.

»Armer alter Lump, dir gefällt unser neues Versteck sicher gar nicht, was? Pass auf, was haltet ihr davon, für Lump das Loch da drüben als eine Art Hundehütte auszubauen, in der er bleibt, wenn wir auf den Baum steigen?«

Er zeigte auf eine schmale Höhlung in einem benachbarten Baum. Der war alt und morsch, und am Fuß des Stammes war ein Loch, gerade groß genug für Lump.

»Wir könnten eine seiner Decken hineinlegen, damit er weiß, das ist sein Platz«, schlug Peter vor. »Und wir könnten ihm sagen: Platz, Lump!, damit er wartet, bis wir wieder unten sind.«

»O ja! Dann ist er unser Wachtposten«, sagte Georg. »Er ist bestimmt ein prima Wächter. Er wird sofort bellen, wenn jemand näher kommt.«

Nun waren sie alle glücklich, dass sie einen so guten Plan für Lump ausgeheckt hatten. Er konnte ja doch nicht mit auf den Baum. Aber er würde auch etwas für sie tun und sich sicher wichtig vorkommen.

»Wau«, machte Lump, ganz, als ob er jedes Wort begriffen hätte und mit allem einverstanden wäre. Er wedelte mit dem Schwanz und lief vor ihnen her.

Der Bau des Baumhauses

Der nächste Tag war wirklich sehr aufregend. Wenn irgendwer im Wald gewesen wäre, so hätte er sich gewiss über die Maßen gewundert, wie die Kinder im Gänsemarsch den Weg entlangkamen – jeder mit einer seltsamen Last.

Sie hatten sich alle mit ihren Sachen bei Peter getroffen. Janet, seine Schwester, hatte die Becher, Teller und Löffel. Colin kam mit einer Auswahl von Brettern, die Jack tragen half. Jack hatte meterweise Tau um seinen Bauch gewickelt und sah wirklich sehr merkwürdig aus.

Barbara trug eine große Gummiplane, sorgfältig zusammengelegt, und sie half Pam die Kissen zu schleppen.

»Sie sind ein wenig dreckig und ausgefranst«, hatte Pam gesagt, »aber das macht ja nichts. Ich fand sie im Gartenschuppen, dort haben sie seit einer Ewigkeit gelegen. Ich habe auch nur sechs finden können, wir müssen uns also noch eins woanders besorgen.«

Janet hatte sich gleich noch eins aus dem Schuppen gegriffen, wo sie sonst ihre Zusammenkünfte abhielten. Nun verfügten sie über sieben Stück, für jeden eines.

Georg hatte die Schokolade mitgebracht und eine Riesendose mit gemischten Keksen.

»Gab mir meine Mutter«, erzählte er. »Sie sagt, eure Mutter verpflegt uns sonst immer, nun sei sie mal an der Reihe, fürs Essen zu sorgen.«

»Großartig«, meinte Peter anerkennend.

Er hatte Geld aus seinem Spartopf genommen und davon Saft gekauft und Limo und dazu zwei Flaschen Wasser mitgebracht zum Mischen.

Sogar Lump hatte zu tragen.

Eine seiner kleinen Decken war hübsch ordentlich zusammengerollt und mit einem Bindfaden umwickelt; die trug er im Maul und kam sich sehr wichtig vor. Er liebte es, wenn die Kinder ihn bei ihren Spielen mitmachen ließen.

»Wauwau – wau«, bellte er, mit der Decke im Maul.

»Er stellt fest, er mag gern etwas tragen, ebenso wie wir alle«, sagte Janet. »Nicht wahr, Lump?« Lump wackelte mit dem Schwanz und ließ beinahe seine Decke fallen, so gern wollte er laut bellen.

»Uuuof«, machte er.

So zogen die sieben Kinder den Weg entlang zum Windwald und weiter bis zu ihrem Baum.

»Wir werden eine große ›7‹ hineinschnitzen müssen als Zeichen für die *Schwarze Sieben*«, sagte Pam.

»Das geht doch nicht«, wehrte Peter ab. »Mein Vater sagt, nur Narren bekritzeln Wände und schneiden in Bäume. Und wenn einer von der *Schwarzen Sieben* ein Narr sein will, dann soll er lieber gleich austreten.«

»Ich habe das ja nur so gesagt«, wehrte sich Pam beleidigt. »Ich habe gar nicht gemeint, dass wir es wirklich tun sollten. Schließlich bin ich ja nicht dumm!«

»Ja, ja, nun sei nicht gleich böse«, beruhigte Peter sie. »Ich habe auch nur gesagt, was mein Vater findet. – Nun wollen wir aber erst einmal das Wachhäuschen für Lump in Ordnung bringen, bevor wir auf den Baum steigen.«

Es machte viel Spaß, Lump das Wachhäuschen zu zeigen. Er stürzte darauf zu, steckte die Nase hinein und schnüffelte alle Ecken ab. Dann setzte er sich davor mit einem Gesicht, als wenn er lächelte.

»Der ist begeistert, der lächelt«, sagte Janet. »Komm raus, Lump, wir legen deine Decke noch hinein. Dann weißt du sicher, dass hier dein Platz ist. Und du bist dann ein Posten auf Wache. Auf Wache, Lump! Du verstehst, was das heißt, nicht wahr?«

»Wau«, antwortete Lump und jetzt sah er ganz ernsthaft aus. Er kam heraus.

Peter stopfte die Decke in das Loch, dann legte er noch einen Knochen für Lump daneben und seine Mütze dazu. »Pass schön auf, Lump«, sagte er und zeigte auf die Mütze. »Auf Wache, alter Bursche. Sehr wichtig. Bewach meine Mütze!«

Lump ging wieder in sein Loch, beschnüffelte feierlich erst die Mütze und dann den Knochen. Er drehte sich und saß nun aufrecht im Eingang der Höhle und schaute sehr pflichtbewusst und wichtig drein. Jetzt würde ihn nichts bewegen können, sein Schilderhäuschen zu verlassen, ehe nicht Peter ihn dazu aufforderte. Er war wirklich ein sehr guter Wächter, er wusste, es kam darauf an.

»Nun können wir anfangen, ohne dass Lump uns dauernd zwischen den Beinen herumläuft«, sagte Peter. »Lasst uns die Bretter und die Gummiplane an die Taue binden, dann kann einer von uns mit dem Tauende hochklettern und alles auf einmal hinaufziehen.«

Das schien eine gute Idee zu sein, aber es war keine. Peter hatte die Taue zwar fest um die Bretter gedreht, aber als Jack nun den Packen hinaufzog und der an die drei Meter über dem Boden schwebte, rutschte die ganze Fracht aus dem Seil, und alle Bretter und die Gummiplane sausten abwärts. Ein Brett traf Colins Schulter und die Gummiplane entfaltete sich und breitete sich über Pams Kopf. Die anderen quietschten vor Lachen, als Pam kreischte und zappelte und nicht begriff, was ihr eigentlich passiert war.

»Ach, Pam, entschuldige!«, sagte Peter und befreite sie. »Wir müssen alles noch fester zusammenbinden.«

»Das werde ich übernehmen«, sagte Colin und rieb seine Schulter. »Ich möchte nicht noch einmal unter einer Brause von alten Brettern stehen.«

»Ist das komisch!« Georg lachte immer noch. »Nein, wie komisch! Ich wette, noch nie ist ein Baumhaus mit so viel Jux gebaut worden.«

Der fremde Junge taucht auf

Dieser Baumhausbau machte allen Spaß. Die Kinder brauchten den ganzen Morgen dafür. Sie legten die Bretter aus und vertäuten sie, und das war gar keine so leichte Arbeit, wie sie sich das zuerst gedacht hatten.

Die Bretter waren glatt und hatten die fatale Neigung, dauernd hinunterzufallen, sodass sie wieder hinaufgezogen werden mussten. Und immer wenn eins fiel, bellte Lump, um ihnen Bescheid zu sagen.

»Wahrscheinlich denkt er, wir merken es nicht, wenn ein Brett hinunterfällt.« Janet kicherte. »Du liebe Güte! Aber wer ist diesmal an der Reihe runterzusteigen?«

»Das ist hier ein typischer Fall: Viele Köche verderben den Brei«, sagte Jack. »Wenn wir alle auf den Zweigen sitzen, an die wir die Bretter binden wollen, muss es ja schwierig sein. Ihr Mädchen begebt euch jetzt mal auf die niedrigeren Zweige. Bitte. Vier genügen, um die Bretter zu vertäuen.«

Die Mädchen kletterten also etwas tiefer. Aber sie

benutzten aus Sicherheitsgründen die andere Seite des Baumes.

»Achtung! Da segelt eins meiner Kissen hinunter!«, sagte Pam. »Na, das kann warten. Bald fällt doch wieder ein Brett, dann kann das Kissen gleich mitgebracht werden.«

Jetzt kamen die Jungen zurecht. Sie legten die Bretter an die passenden Stellen und verbanden sie fest zu einer Art Plattform. Schließlich war alles fertig und wirklich gut gelungen.

»Nun sind sie sicher«, sagte Jack und probierte die Festigkeit, indem er langsam darüber ging. »Nun kann keiner zwischen zwei Brettern durchfallen und kein Brett verschiebt sich. Haben wir wirklich gut gemacht!« Die Mädchen kletterten wieder hoch und bewunderten die Plattform. Das Kissen wurde auch aufgehoben und die Plattform sah richtig gemütlich aus mit den bunten Kissen.

Becher, Teller und Löffel, die Keksdose und die Schokolade wurden in dem Astloch verstaut. Die Gummiplane wurde an einem Ast befestigt, griffbereit, sodass sie über Kissen und Plattform gebunden werden konnte, wenn die Kinder wegmussten.

»So.« Peter war restlos glücklich. »Unser neues Hauptquartier, Treffpunkt der *Schwarzen Sieben*. Posten auf Wache unten. Alles bereit für das nächste Abenteuer. Wenn es nur käme!«

»Meinetwegen ist das gar nicht nötig«, meinte Pam. »Mir genügt das hier auch schon. Ein Baumhaus wie dieses! Ah, jetzt wird es windig!«

»Herrlich.« Janet seufzte, als sie fühlte, wie sich die Plattform bewegte. »Ich komme mir vor wie auf einem Schiff, wie auf einem Schiff bei Seegang.«

»Es ist schon halb zwölf«, mahnte Peter. »Wir werden einen Keks essen und ein Glas Saft trinken und dann nach Hause gehen. Wir können doch heute Nachmittag wiederkommen. Wir bringen dann Bücher mit und ein Spiel und haben ein paar herrliche Stunden vor uns.«

»Zu komisch, dass die Erwachsenen es nicht mögen, wenn wir kurz vor der Mahlzeit essen. Als wenn wir dann nicht mehr Mittag essen oder Kaffee trinken könnten!«, wunderte sich Janet, an dem Keks knabbernd. »Ich könnte sechs von diesen Superkeksen essen und hätte doch noch genug Hunger.«

»Aber mehr als einen bekommst du nicht«, bestimmte Peter und machte schnell den Deckel zu. »Wenn wir sechs auf einmal essen, sind bald keine mehr da. Eine so große Dose sollte länger reichen.«

Am Nachmittag gingen sie alle wieder zum Baumhaus. Lump bezog seinen Posten als Wache. Er schien es genau zu begreifen und wedelte fröhlich mit dem Schwanz, als die Kinder eines nach dem anderen auf den Baum stiegen.

Der Wind war am Nachmittag stärker, und es machte ihnen einen Heidenspaß zu fühlen, wie die Plattform sich hob und senkte.

»Ich meine immer, ich würde das Wasser hören«, sagte Janet träumerisch. »Es ist genau wie in einem Boot. Einfach herrlich.«

Sie saßen oder lagen auf der Plattform, lesend und plaudernd, und knabberten an Georgs Schokolade. Es war angenehm, den Wind in den Blättern rundum rauschen zu hören und die frische Brise im Haar zu spüren.

Aber dann fing Lump plötzlich an zu bellen. »Wau, wau, wau-wau-wau! Wau-wau-wau!« Laut und lauter.

»Was ist denn mit Lump los?«, wunderte sich Peter und schaute vorsichtig hinab. Er hörte eine Stimme: »He, was fällt dir ein! Komm bloß nicht näher; lass mein Kätzchen zufrieden!«

»Es ist ein Junge«, flüsterte Peter den anderen zu. »Sieht ziemlich dreckig aus. Ein Kätzchen sitzt auf seiner Schulter. Und Lump umspringt ihn wie verrückt.«

»Er wird ihm schon nichts tun«, flüsterte Georg zurück. »Er will ihn sicher nur abhalten, auf unseren Baum zu klettern. Er denkt sicher, das will der Junge. Wo ist das Kätzchen? Geh, lass mich auch mal gucken!«

Aber Peter wollte nicht beiseite rücken, darum gab Georg ihm einen Schubs. Peter klammerte sich an eins der Taue, das die Bretter hielt, sein Brett kippte ein bisschen, und schon schoss er kopfüber hinunter, griff in die Luft, packte einen Zweig und fing sich. Pam quietschte vor Angst. Peter gab ihr einen scharfen Rippenstoß. »Ruhe!«, zischte er. »Soll unser Versteck gleich am ersten Tag entdeckt werden?«

Lump, der Baumhüter

Der fremde Junge guckte sich um, erschreckt durch Pams Schrei. Er hatte keine Ahnung, woher der kommen konnte. Dann sah er am Baum hinauf.

»Hallo!«, rief er. »Ist dort oben jemand? Wer ist da?«

Keiner sagte ein Wort. Pam hielt den Atem an, bis sie dachte, nun würde sie platzen. Peter sah sie drohend an.

»Ist jemand da oben?«, rief der Junge. »Ich komme hinauf.«

Peter stöhnte. Genau das hatte er befürchtet.

Aber Lump war anderer Ansicht: Was? Der fremde Junge wollte auf den Baum klettern, den er bewachte? Kam gar nicht in Frage. Lump sprang den Jungen heulend an. Er wollte ihn gar nicht beißen, er schnappte nicht einmal zu. Aber das konnte der Junge nicht ahnen. Er hatte gerade einen Arm ausgestreckt, um den untersten Zweig zu greifen. Schnell zuckte er zurück und sah Lump fest an. »Was soll das? Warum regst du dich so auf? Platz! Wenn du meinem Kätzchen etwas tust, kannst du was erleben! Platz, sag ich!« Aber Lump hörte nicht auf zu bellen und zu toben, bis der Junge zögernd zurückwich. Sobald Lump erkannt hatte, dass der Fremde nicht mehr daran dachte, den Baum zu berühren, wurde er ganz freundlich. Er stellte sich zwischen den Baum und den Jungen und wedelte fröhlich mit dem Schwanz.

»Ich weiß gar nicht, warum du mich nicht auf den Baum klettern lassen willst, aber wenn du's nicht magst – mir egal«, hörten die sieben Kinder den Jungen sagen. »Ich kann ja wiederkommen, ewig wirst du nicht hier bleiben, du giftige Töle. Mein Kätzchen so zu erschrecken ...«

Die sieben hörten, dass sich der Junge entfernte. Lump bellte noch einmal zur Warnung hinterher und ging dann wieder in sein Wachhäuschen, höchst zufrieden mit seinem Erfolg. Wirklich, er war ein guter Wächter.

Niemand würde auf den Baum steigen können, wenn er es nicht erlaubte.

Die sieben schwiegen, bis unten aber auch gar kein Laut mehr zu hören war. Peter hangelte sich zurück auf die Plattform. Pam sprach zuerst. Sie sah aus, als wollte sie gleich anfangen zu weinen.

»Es tut mir ja so Leid! Bitte schimpft nicht! Ich dachte, du würdest vom Baum fliegen, da musste ich schreien!«

»Das nächste Mal, wenn du schreien musst, fliegst du aus dem Geheimbund!« Peter war wütend. »So ein schönes Baumhaus gleich am ersten Tag zu verraten!«

Das machte Janet und Barbara wütend. »*Wir* haben nicht geschrien«, verteidigte sich Janet. »*Wir* haben keinen Ton gesagt. Pam schreit immer los. In der Schule auch.«

Pam war ganz rot geworden. »Ich verspreche euch, ich schreie nie wieder«, sagte sie leise. »Außerdem, der Junge ist ja weg, es war also nicht weiter schlimm.«

»Das ist Lumps Verdienst.« Peter war immer noch ärgerlich. »Weißt du, ob der Junge nicht wiederkommt, wenn wir weg sind?«

»Er wird sich nicht an den Baum erinnern«, sagte Pam. »Mach doch kein Theater, Peter. Mein Gewissen ist so schon schlecht genug.«

»Hier ist Schokolade«, sagte Georg, um der Sache ein Ende zu machen. Ihm war etwas unbehaglich bei dem Gedanken zu Mute, es könnte den anderen einfallen, dass er ja der Schuldige war. Sein Schubs hatte

Peter von der Plattform befördert und nur deshalb hatte Pam geschrien.

»Vielen Dank.« Peter nahm ein Stück und fühlte sich gleich besser. Sie schleckten an der Schokolade und erzählten sich stolz, wie prachtvoll Lump als Wächter war.

»Ich wette, er ist zurück in sein Wachhäuschen gegangen und wartet dort«, sagte Jack. »Ich wollte, ich hätte einen Hund wie ihn. Ein Mordskerl!«

»Ich glaube übrigens nicht, dass der Junge zurückkommt«, meinte Colin. »Er ging sicher nur mit seinem Kätzchen spazieren. Komische Sache, mit einer Katze spazieren zu gehen …«

»Wollen wir Karten spielen?«, schlug Pam vor. »Ich habe ein Spiel mitgebracht. Und wie wäre es jetzt mit etwas Saft? Ich bin ganz schrecklich durstig.«

Das war ein Vergnügen dort oben im Baumhaus. Sie tranken Orangensaft, mümmelten Schokoladenkekse und spielten ein ganz langweiliges Kartenspiel. Der Wind wischte ihnen dauernd die Karten von der Plattform und trieb sie durch den Baum nach unten. Das gab jedes Mal ein tolles Hallo, und eins von den Mädchen, die nicht mitspielten, musste nach unten und auf Kartensuche gehen. »Domino wäre besser gewesen«, sagte Georg schließlich. »Die Steine werden nicht so leicht weggepustet. Morgen bring ich mein Dominospiel mit.«

Um fünf Uhr wurde es Zeit für den Heimweg. Sie packten die Kissen auf einen Haufen und banden die Gummiplane darum. Alles andere verstauten sie in dem Astloch. Ein kleines, feuerrotes Eichhörnchen flitzte plötzlich einen Zweig hoch und betrachtete sie voll Verwunderung. Alle lachten und Lump hörte sie unten auf seinem Posten. Er bellte! »Alles in Ordnung, Lump! Wir kommen«, rief Peter. »Und wir bringen dir einen Schokoladenkeks mit, weil du so ein tapferer Wächter bist.«

Trinken Eichhörnchen Limonade?

Am nächsten Morgen trafen sie sich wieder alle bei Peter und Janet und gingen dann in den Wald. Einige hatten etwas zu essen mitgebracht, Peter hatte wieder fürs Trinken gesorgt. Janet trug ein dickes Buch, das sie Colin für einen Tag leihen wollte.

»Hier ist Vaters Buch, von dem ich dir erzählt habe«, sagte sie. »Es steht alles darin über Schiffe, jeder Schiffstyp ist abgebildet. Aber mein Vater will es in ein paar Tagen wiederhaben, behalte es also nicht zu lange.«

»Tausend Dank«, sagte Colin und nahm es begeistert an sich. Er liebte Schiffe und dies war wirklich ein wundervolles Buch. Er wusste, damit musste er vorsichtig sein. Lump trottete neben ihnen her wie gewöhnlich. Sie kamen in den Wald und bestiegen gleich ihren Baum. Lump hatte sich sofort in sein Wachhäuschen begeben und saß dort, stocksteif und wichtig.

»Wau«, sagte er und Janet streichelte ihn.

»Ja, wir wissen, du bist auf dem Posten. Guter Hund«, sagte sie und stieg dann auch hoch.

Peter war dabei, die Gummiplane loszuknüpfen. Als er gerade die Kissen über die Plattform verteilte, kam ein verwunderter Schrei der Mädchen:

»Seht euch das an! Der Deckel der Keksdose ist offen und fast alle Kekse sind verschwunden. Wir hatten doch so viele übrig gelassen! Und von der Schokolade fehlt auch etwas. Und die Limoflasche ist leer, die war doch noch halb voll!«

Sie inspizierten ihre Speisekammer. Aber da gab es nicht mehr viel zu entdecken. Die sieben sahen sich mit langen Gesichtern an. Dann meinte Janet energisch:

»Wisst ihr was? Das war das unverschämte kleine Eichhörnchen. Ich wette, es kam zurück, als wir weg waren, sah in unser Vorratslager und nahm sich die Sachen. Eichhörnchen sind ja sehr klug.«

»Und die Limo?« Peter war misstrauisch.

»Eichhörnchen benutzen die Pfoten wie die Affen«, sagte Janet. »Wir wissen doch alle, wie sie Nüsse zwischen den Pfoten halten und sie knacken. Ganz gewiss ist ein Eichhörnchen auch klug genug, einen Korken aus der Flasche zu ziehen. Dann trank es die Limo, wenn ich mir auch nicht vorstellen kann, dass Eichhörnchen das mögen.«

»Schön. Zugegeben, das Eichhörnchen kann einen Korken von einer Flasche entfernen, sodass Limonade rausläuft«, überlegte Peter. »Dass es aber dann den Korken auch wieder hineinsteckt, das glaube ich einfach nicht. Ich glaube ganz etwas anderes: Dieser Bursche ist wieder zurückgekommen, dieser Kätzchen-Junge – der war's.«

»Glaub ich auch«, schloss sich Georg an. Aber die anderen wollten nichts davon wissen. Sie waren davon überzeugt, dass es das Eichhörnchen war.

»Nun ist's schon gleich«, sagte Jack schließlich, »für heute haben wir noch genug zu essen. Und wenn das Eichhörnchen Kekse und Schokolade mag, soll es sich bedienen.«

Diesmal waren sie klüger gewesen und hatten Dominosteine mitgebracht, aber sie hätten heute ebenso gut Karten spielen können – heute wehte es nicht. Die Sonne war nicht zu sehen und die Wolken hingen tief.

»Hoffentlich gibt es keinen Regen.« Colin sah in den Himmel. »Ich fürchte aber doch.«

»Davon werden wir nicht viel merken, so dicht, wie

die Blätter über uns sind«, fand Pam. »Auf unsere Plattform wird sicher kein einziger Tropfen fallen.«

Und dann fing es an zu regnen. Die Tropfen pladderten auf das Blätterdach. Ein paar Spritzer sprühten gelegentlich auf die Plattform, mehr nicht. Aber Colin war betrübt.

»Am besten lege ich das Schiffsbuch ins Loch«, meinte er. »Janet, dein Vater wäre sicher böse, wenn es nass würde.«

»Ganz klar«, sagte Janet. »Er ist sehr eigen mit seinen Büchern. Schieb es ganz hinten in das Loch, dann bekommt es bestimmt keinen Tropfen ab.«

Sie brachen das Spiel ab und Colin verstaute das dicke Buch vorsichtig hinter den Esssachen im Loch. Es regnete jetzt stärker. Es machte ihnen großes Vergnügen zu hören, wie der Regen auf die Blätter prasselte, und doch kaum einen Tropfen zu spüren.

Dann hörte es auf zu regnen.

»Wir laufen jetzt besser los«, meinte Peter. »Aber was ist mit den Sachen? Meint ihr, sie sind hier noch sicher, nachdem Kekse und Schokolade gemopst worden sind?«

»Ach, natürlich«, fand Pam, entsetzt bei dem Gedanken, alles wieder nach Hause schleppen zu müssen.

»Wenn das Eichhörnchen, oder wer auch immer der Dieb war, die Kissen und das Geschirr gestern nicht genommen hat, wird der große Unbekannte es heute auch nicht tun. Und Kekse haben wir ja sowieso kaum noch übrig gelassen.«

»Ist gut«, meinte Peter. »Dann packen wir nur eben die Kissen in die Gummiplane und dann gehen wir. Lump, wir kommen!«

»Wau«, machte Lump und sie hörten, wie er am Baumstamm hochsprang. Er hatte sich heute doch wohl schrecklich gelangweilt.

Vorsichtig krochen sie den Baum hinunter, der teilweise von der Nässe schlüpfrig war. Lump begrüßte sie mit fröhlichem Gebell.

Alle gingen nach Hause, und niemandem fiel es auf, dass Colin das Schiffsbuch nicht trug. Er hatte es ganz vergessen und nun lag es gut verborgen in dem Astloch der großen Eiche.

Nachts im Wald

Erst abends beim Ausziehen fiel Colin plötzlich das Schiffsbuch wieder ein. »Um alles in der Welt, wo ist es?«, murmelte er.

Und dann wusste er es plötzlich. Er hatte es in dem Baumloch der großen Eiche liegen lassen. Wie schrecklich! Wenn dieses unglückliche Eichhörnchen es nun fand und womöglich Seiten herausriss und daran knabberte! Oder wenn ein Sturm aufkam und Regen in das Loch trieb und das Buch nass würde! Wie böse würde Janets Vater werden.

Colin zog sich schnell wieder an. Er musste zur Eiche und das Buch holen.

Aber er hatte die Rechnung ohne die liebe Familie gemacht. Dauernd lief jemand durch das Haus, stand in der Diele, ging noch mal in den Garten – es war zum Verrücktwerden.

Bis halb elf saß Colin am Fenster. Wollte denn diese komische Familie niemals ins Bett gehen? Ah, das klang jetzt, als ob Großmutter die Treppe heraufkam. Es wurde still im Haus.

Erst gegen elf fühlte Colin sich so sicher, dass er aus dem Haus zu schlüpfen wagte. Er kam auch ungeschoren in den Garten. Als aber plötzlich das Käuzchen rief, zuckte er zusammen. Er hielt an.

Würde er den Baum überhaupt finden? Es war doch schon dunkel und im Wald würde es kohlrabenschwarze Nacht sein. Colin hatte ein ungemütliches Gefühl. Wald bei Nacht – das schien ihm gar nicht so verlockend. Wenn er sich nun verlief und den Baum gar nicht fand und womöglich auch den Weg nach Hause noch verfehlte?

Er kam an Peters Haus vorbei. Ob der wohl noch wach war? Dann würde er sicher mitgehen. Colin trat in Peters Garten und schlich sich leise an das Haus heran. Er wusste ja, wo Peters Schlafzimmer lag. Das Haus war ganz dunkel. Alle schienen zu schlafen. Colin nahm ein paar kleine Steine und warf sie gegen Peters Fenster. Er suchte sich gleich noch eine Hand voll für den nächsten Wurf.

Aber das Fenster war offen und die Kieselsteinchen flogen in das Zimmer. Eins traf Peter an der Backe. Er wachte mit einem Ruck auf und sah verwundert durch den dunklen Raum. Er rieb seine Backe und begriff nicht, was eigentlich los war. Schon wieder kam ein Stein durchs Fenster und schlug neben Peter gegen die Wand.

»He! Da wirft einer Steine!«, sagte sich Peter und trat vorsichtig ans Fenster. Er erkannte, dass da unten jemand stand. »Wer ist da?«, flüsterte Peter.

»Ich, Colin«, wisperte es von unten. »Peter, hör mal, ich habe das Buch deines Vaters im Baumloch vergessen. Ich muss es holen. Kommst du mit?«

»Mensch, klar!« Peter war begeistert von der Idee, mitten in der Nacht durch den Wald zu tappen und das Baumhaus zu besuchen. Das war doch schon fast ein Abenteuer. Herrlich!

Rasch schlüpfte er in Pullover und Hosen und rutschte an dem Baum hinab, der vor seinem Fenster stand. Schattengleich glitten beide den Weg entlang. Jetzt, da Peter bei ihm war, fürchtete Colin sich nicht mehr.

»Ich hatte schon Angst, ich würde den Baum verfehlen«, flüsterte er, als sie dahintrotteten. »Du findest immer den Weg, und ich wusste gleich, dass du auch nachts zurechtkommst.«

»Na, selbstverständlich«, antwortete Peter. »Aber für alle Fälle habe ich eine Taschenlampe mitgenommen. Junge, das macht Spaß!«

Sie kamen an den Wald. Dort war es ganz still. Es wehte kaum und die Zweige regten sich nicht. Eine Eule rief. Die beiden Jungen schraken zusammen.

»Ich bin nur froh, dass ich keine Maus bin«, meinte Peter, »dann wäre ich vor Schreck bei diesem Eulenruf gestorben.«

Sie fanden den Baum. Peter kletterte zuerst hinauf und leuchtete mit der Lampe nach unten, damit Colin es leichter hatte. Die Plattform sah im Taschenlampenlicht seltsam trostlos aus.

»Wir wollen schnell das Buch holen.« Colin leuchtete in das Loch. Er schrie erstaunt auf. »So was! Da war wieder jemand hier! Alles ist durcheinander geworfen, als ob jemand etwas gesucht hätte. Vielleicht unsere Esswaren.«

»Viel hatten wir ja nicht übrig gelassen«, meinte Peter. »Aber das Eichhörnchen kann es nicht gewesen sein. Da muss jemand unser Baumhaus entdeckt haben. Ist das Buch denn da?«

»Ja, Gott sei Dank!« Colin atmete auf. »Peter, wer

mag das sein, der hierher kommt? Zum Verrücktwerden!«

»Keine Ahnung!«, antwortete Peter. Dann hörte er plötzlich einen Laut, der ihn stutzen ließ. Es war nur ein leises Geräusch gewesen und es kam irgendwo aus dem Baum.

»Hast du das gehört?«, flüsterte Peter. »Klang wie ein ganz leises Miauen, aber es kann doch keine Katze hier im Baum sein!«

Er ließ den Lichtschein wandern, dann griff er plötzlich nach Colins Arm und zeigte schweigend hoch. Im Lichtkegel seiner Taschenlampe baumelte ein Paar Füße. Irgendjemand saß da schweigend auf einem Zweig, gerade über ihnen, und dessen Füße hingen im Lichtkegel.

Wer konnte das sein?

Der Ausreißer

Peter griff zu und erwischte die beiden nackten Füße. Ein Schrei erklang und die Beine zappelten und versuchten Peter abzuschütteln. Aber Peter hielt sie fest.

»Komm runter!«, rief er wütend. »Wer bist du? Du wagst es, in unser Baumhaus einzudringen und alles durcheinander zu werfen. Komm sofort runter!«

»Lass mich los!«, bat eine Jungenstimme und dann

hörte man wieder das Miauen und zum großen Erstaunen der beiden sprang ein Kätzchen auf einen nahen Ast und starrte Peter und Colin mit weit geöffneten grünen Augen an.

»Ein Kätzchen«, sagte Colin. »Der Junge mit der Katze also! Sieh an! Er ist zurückgekommen, als wir fort waren.«

»Zieh nicht so, ich fall ja runter!«, rief der Junge auf dem Ast oben.

Peter ließ die Füße los. »Dann komm freiwillig und sei nicht blöd. Schließlich sind wir hier zwei gegen einen!«

Die Füße kamen tiefer, es folgten die Beine und ein magerer Körper. Dann stand der ganze Junge da, blass und erschreckt.

»Setz dich«, befahl Peter ihm. »Und rühr dich nicht. Und nun erzähl gefälligst, was du in unserem Baum zu suchen hast.«

Der Junge hockte sich hin. Er sah sie trotzig an. Er war dünn und bleich und sein Haar war viel zu lang.

»Ich kam nur hierher, um mich zu verstecken«, sagte er. »Ich habe nichts Böses getan – außer dass ich vorige Nacht ein paar Kekse genommen habe. Aber wenn ihr so hungrig wärt wie ich, hättet ihr sie auch genommen.«

»Warum versteckst du dich?«, erkundigte sich Colin. »Bist du von zu Hause weggelaufen oder so?«

»Ich erzähl euch nichts«, sagte der Junge. »Sonst holt ihr womöglich die Polizei.«

»Tun wir nicht«, versprach Colin. »Jedenfalls nicht, wenn es zu vermeiden ist. Warum sollten wir denn die Polizei holen?«

Das Kätzchen kroch schweigend zu dem Jungen und kuschelte sich auf dessen Schoß zusammen. Colin und Peter sahen, dass es am Bein blutete. Der Junge streichelte es zärtlich. Es begann zu schnurren.

Colin und Peter waren plötzlich ganz sicher, dass dieser Junge nichts Böses getan haben konnte, weil er sein Kätzchen so sehr liebte und weil das Kätzchen ihm vertraute. Sie starrten den Jungen an.

»Nun erzähl schon«, sagte Peter und hielt die Taschenlampe voll auf den Jungen gerichtet. »Vielleicht können wir dir sogar helfen.«

»Darf ich dann heute Nacht hier bleiben?«, fragte der Junge. »Falls sie mich suchen – sie wissen, dass ich irgendwo im Wald bin.«

»Wer?«, fragte Peter. »Wer sucht dich? Wer ist ›sie‹? Wie heißt du überhaupt?«

»Jeff«, sagte der Junge und streichelte immer noch das Kätzchen. »Das Ganze fing an, als meine Mutter ins Krankenhaus musste. Mein Vater ist lange tot. Darum leben nur wir zwei zusammen. Aber als meine Mutter ins Krankenhaus gebracht wurde, schickte man mich zu Onkel Harry und Tante Lizzy.«

»Aha. Erzähl weiter«, sagte Peter. »Und warum bist du weggelaufen?«

»Eine Woche bin ich geblieben«, sagte Jeff. »Aber meine Mutter war noch immer im Krankenhaus, und niemand wollte mir erzählen, wie es ihr ging. Wenn sie nun niemals wiederkommt? Was soll ich nur tun? Alles, was ich habe, ist mein Kätzchen.«

»Ja, haben sich denn dein Onkel und deine Tante nicht um dich gekümmert?«, fragte Peter.

»Ich wollte nichts mit ihnen zu tun haben«, sagte Jeff. »Sie sind böse. Meine Mutter hat das auch immer gesagt und die weiß Bescheid. Sie haben schlimme Freunde und tun schlimme Dinge.«

»Was zum Beispiel?«

»Oh, sie stehlen ... und tun noch viel Schlimmeres«, sagte Jeff. »Zu mir waren sie gar nicht übel. Ich meine, sie gaben mir genug zu essen, und meine Tante hat sogar mein Zeug geflickt ... aber sie waren so böse zu meinem Kätzchen.«

Colin und Peter starrten Jeff voll Mitgefühl an. Peter wusste genau, wie ihm zu Mute wäre, wenn jemand unfreundlich zu Lump sein würde.

»Haben sie deinem Kätzchen etwas getan? Sein Bein blutet«, stellte er fest.

Jeff nickte. »Ja, Onkel hat es mit dem Fuß getreten. Jetzt ist es nicht mehr so schlimm, aber zuerst sah es böse aus. An dem Tag bin ich davongelaufen und das

Kätzchen habe ich mitgenommen. Zuerst habe ich mich in einem leeren Haus versteckt, aber sie kamen mir auf die Spur. Dann fand ich diesen Wald, und als euer Hund bellte, dachte ich mir gleich, dass dort oben jemand sein müsste. Als ihr dann nach Hause gegangen seid, bin ich hier hinaufgeklettert und habe euer schönes Baumhaus gefunden.«

»Ja, ja«, sagte Peter, »und hast unsere Kekse und unsere Schokolade gegessen. Aber warum suchen dich denn dein Onkel und deine Tante so?«

»Ja, warum wohl? Das sind vor allem mein Onkel und sein Freund Tizer. Sie haben Angst, ich wüsste zu viel von ihren Geschäften.«

»Was für Geschäfte?«, forschte Colin.

»Ich musste im Wohnzimmer schlafen«, erklärte Jeff. »Und eines Nachts hörte ich, wie sie einen Plan machten. Ich hörte nur ganz wenig, so wenig, dass ich mir gar nichts darunter vorstellen konnte. Ich drehte mich dann um, damit ich bequemer läge. Da sprang mein Onkel auf und schimpfte fürchterlich, ich sei ein unnützer Bursche, läge da und lauschte.«

»Ach so, und weil du nun weggelaufen bist, haben sie Angst, du könntest jemandem erzählen, was du gehört hast.« Für Colin war die Sache klar. »Hast du denn viel gehört?«

»Nein. Jedenfalls nichts, womit man etwas anfangen könnte«, sagte Jeff. »Aber sie glauben das wohl und darum sind sie hinter mir her. Ich sah Mr. Tizer heute im Wald, mit seinem Hund. Sie jagen mich und ich habe Angst. Darum habe ich mich in eurem Baumhaus verkrochen. Darf ich hier bleiben?«

»Klar kannst du heute Nacht hier bleiben«, sagte Peter. »Nimm dir die Kissen und mach es dir gemütlich. Und morgen früh kommen wir alle und überlegen, was man tun kann. Nun hab keine Angst mehr. Du kannst uns wirklich vertrauen. Die *Schwarze Sieben* wird alles in Ordnung bringen.«

Ein neues Abenteuer

Peter und Colin halfen dem Jungen noch, die Kissen aus der Gummiplane zu wickeln. Das Kätzchen saß auf einem Ast und beobachtete alles. Es war ein süßes kleines Ding, ein Flaumbällchen.

»Du kannst die Kekse gern aufessen und die Limo trinken, wenn du magst«, sagte Colin. »Herrje, nun hätte ich das Schiffsbuch beinahe wieder vergessen.«

Er zog es heraus, und die beiden Jungen kletterten den Baum hinab, vorsichtig nach einem Halt für ihre Füße suchend. Es war lange nicht so leicht, in der Nacht hinunterzuklettern wie am Tage.

»Gute Nacht«, rief ihnen Jeff dankbar nach. »Und vielen Dank für eure Hilfe. Kommt ihr auch bestimmt morgen? Könntet ihr mir dann nicht ein bisschen Milch für mein Kätzchen mitbringen?«

»Okay«, rief Peter zurück. »Fall bloß nicht im Schlaf vom Baum.«

»Nein, ich bin vorsichtig«, kam die Stimme des Jungen aus dem Baum und sie klang schon viel fröhlicher.

Colin und Peter machten sich auf den Heimweg und sprachen leise über den Jungen und dessen seltsame Geschichte.

»Was mögen dieser Onkel und sein Freund Tizer wohl planen, dass sie so ängstlich waren, Jeff könnte etwas gehört haben und verraten?«, überlegte Peter. »Wenn es ein Raubüberfall oder so etwas ist, dann müssen wir das verhindern!«

»Ja, wenn wir noch irgendetwas aus Jeff herausbekommen, sollten wir sofort jemandem davon erzählen – vielleicht deinen Eltern, Peter?«

»Ja, ja, schon. Aber besser wäre es natürlich, wenn die *Schwarze Sieben* erst einmal allein der Sache nachgeht«, meinte Peter. »Wir treffen uns alle morgen oben im Baumhaus und dann sehen wir ja, was wir aus Jeff herausbekommen. Ein bisschen mehr wird er ja wohl wissen.«

»Machen wir«, sagte Colin aufgeregt. »Großartig! Gerade als wir dachten, es passiere aber auch gar nichts mehr, da geschieht was. Soll ich allen Bescheid sagen, dass etwas los ist und wir uns unbedingt im Baumhaus treffen müssen?«

»Ja, mach das«, sagte Peter. »Mit Kennwort und allem anderen. Ich werde am Fuß des Baumes stehen und niemand darf das Kennwort laut sagen – nur flüstern. Abzeichen müssen getragen werden.«

»Gut!« Colin war hellauf begeistert. »Also dann: Gute Nacht! Hier ist schon dein Gartentor. Gut, dass ich noch mal zurückging, um das Buch zu holen, nicht wahr? Sonst hätten wir Jeff nie entdeckt!«

Die Jungen trennten sich, und Peter überlegte, ob er Janet wecken und ihr von dem Jungen im Baumhaus erzählen sollte. Aber dann ließ er sie doch schlafen. Er wollte nichts vor morgen verraten.

Alle sieben Kinder waren am nächsten Morgen sehr aufgeregt, als sie von dem geplanten Treffen hörten und von Jeff.

»Können wir denn Lump mitnehmen?«, fragte Pam. »Oder meint ihr, er wird das Kätzchen erschrecken?«

»Nein, er ist doch immer nett zu Katzen, wenn wir dabei sind«, sagte Peter. »Auf jeden Fall muss er unten Wache halten und das Kätzchen ist oben bei Jeff. Ich muss unbedingt eine Flasche Milch mitnehmen und eine Untertasse und vielleicht auch noch ein Stück Fisch.«

»Gut, dass wir Hering zum Frühstück hatten«, sagte Janet. »Ich packe den Rest in Butterbrotpapier. Armes

Kätzchen! Meinst du, das Bein wird wieder heilen? Stell dir vor, ein Kätzchen so roh zu treten.«

Pünktlich um zehn Uhr traf sich die *Schwarze Sieben* am Baumstamm. Höchst wichtig flüsterten sie Peter das Kennwort zu:

»Abenteuer!«

»Abenteuer!«

»Abenteuer! Ist der Junge oben?«

»Ja. Hast du dein Abzeichen? Gut. Sind wir nun alle da? Schön, dann wollen wir hinaufklettern. Lump, pass auf, bitte!«

Lump sah Peter an, wedelte mit dem Schwanz und sauste in seine Höhle. Er setzte sich auf die Decke und sah voller Ernst geradeaus, als wenn er sagen wollte: Fremde, habt Acht! Ich bin auf Wache! Grrrrrr!

Peter stieg als Erster auf den Baum, die Flasche Milch in seiner Tasche und die Untertasse zwischen den Zähnen. Die anderen folgten. Peter sah, wie Jeff ängstlich durch die Blätter blinzelte, als er sie hinaufsteigen hörte.

»Morgen, Jeff«, sagte Peter, als er die Plattform erreicht hatte. »Gut geschlafen? Was macht das Kätzchen?«

»Dem Bein geht's schon viel besser. Und ich schlief die ganze Nacht, außer wenn der Wind zu sehr wehte. Hört mal, es verrät mich doch niemand von euch? Wie viele seid ihr denn?«

»Sieben«, erklärte Peter. »Rück ein wenig, Jeff. Wir sind der Geheimbund *Schwarze Sieben*. Wir haben ein Kennwort und Abzeichen und manchmal halten wir Versammlungen ab. Und wenn es etwas für uns zu tun gibt, dann machen wir es.«

Jeff saß am Ende der Plattform und beobachtete jeden Einzelnen beim Heraufklettern. Colin kannte er ja schon von der vorigen Nacht. Barbara, Janet, Pam, Georg und Jack, sie alle kamen hinauf und lächelten ihm zu. Das Kätzchen miaute.

»Hier ist deine Milch, du mageres kleines Ding«, sagte Peter und schüttete vorsichtig die Untertasse voll Milch. »Janet, wo ist denn der Fisch?«

Keiner der sieben dachte mehr an die wichtige Versammlung, als sie sich nun alle zusammen um das Kätzchen drängten und zusahen, wie es hungrig die Milch aufleckte und sich auf den Fisch stürzte. Auch Jeff sah zu. Er lächelte dankbar alle Kinder an. »Vielen Dank!«, sagte er. »Vielen, vielen Dank!«

Das Rätsel

Peter hatte auch eine Dose Büchsenfleisch und ein riesiges Stück Kuchen für Jeff mitgebracht und Colin holte ein halbes Brot und Butter hervor. Der Junge griff hungrig nach allem. Er wartete nicht einmal, um sich eine Scheibe von dem Brot abzuschneiden, sondern biss so hinein und riss mit den Zähnen große Happen heraus. Die anderen sahen schweigend zu, sie schämten sich fast, so viel Hunger zu erleben. Janet nahm ihm das Brot sanft aus der Hand, schnitt eine dicke Scheibe ab, bestrich sie mit Butter und legte dann eine ordentliche Scheibe von dem Fleisch darauf.

»Das ist besser als ein ganzer Mund voll Brot«, sagte sie.

Jeff aß alles auf, was sie mitgebracht hatten. Er wischte sich mit einem tiefen Seufzer den Mund am Jackenärmel ab. »Das tat gut«, stöhnte er zufrieden. »Ich kann euch gar nicht sagen, wie gut!«

Auch das Kätzchen hatte sein Mahl beendet und saß neben Jeff und putzte sich. »Es sieht schon gar nicht mehr so verhungert aus«, fand Janet und streichelte das kleine Wesen. »Armes Ding! Ein Baby wie dich so zu treten! Man kann sich gar nicht vorstellen, dass es Menschen gibt, die so schlecht sind.«

»Mr. Tizer ist sehr schlecht«, sagte Jeff. »Viel schlimmer als mein Onkel. Er hat auch mich getreten.«

»Du musst uns das alles der Reihe nach erzählen«, sagte Peter und machte es sich so gemütlich wie möglich. »Wir glauben, wir sollten herausfinden, was dein Onkel und dieser Tizer eigentlich so ängstlich geheim halten wollen. Sie müssen doch irgendetwas

Böses planen – irgendetwas, das man verhindern muss.«

Jeff starrte sie an.

»Verhindern? Wer soll sie hindern? Ich kann das nicht. Und ihr könnt das auch nicht. Niemand kann Mr. Tizer daran hindern, nicht einmal die Polizei. Und außerdem weiß ich ja auch gar nichts Genaues.«

»Jeff, du musst mal gut nachdenken«, bedrängte ihn Colin. »Du sagtest, du schliefst im Wohnzimmer auf dem Sofa, als dein Onkel und Tizer ihre Pläne machten. Du sagtest, sie waren wütend, weil sie glaubten, du hättest gehört, was sie sich erzählt haben, als du aufgewacht bist. An irgendetwas musst du dich doch erinnern.«

»An gar nichts«, murmelte Jeff verschlossen.

Peter fühlte genau, er würde sich erinnern, wenn er nur ernsthaft wollte. »Du hast ja nur Angst vor diesem Tizer«, warf er ihm vor. »Darum willst du dich nicht erinnern. Das ist nicht nett von dir. Wir sind deinetwegen gekommen, um dir und dem Kätzchen zu helfen. Nun musst du uns weiterhelfen. Wir werden schon dafür sorgen, dass dir nichts passiert.«

Jeff streichelte das Kätzchen und es schnurrte laut. »Ja, ihr wart wirklich sehr nett«, meinte er schließlich. »Ich will versuchen nachzudenken. Was habe ich eigentlich gehört? Ich finde so gar keinen Sinn darin und ihr sicher auch nicht …«

»Macht nichts. Fang nur an«, ermunterte Colin ihn.

Jeff zog die Stirn kraus. »Wartet«, fing er an. »Ich schlief, wachte auf und hörte Stimmen ...«

»Ja, weiter«, drängte Peter.

»Ich habe keine Ahnung mehr, worüber sie eigentlich sprachen«, grübelte Jeff. »Ich war zu schläfrig, um genau hinzuhören. Ich bekam nur ein paar Brocken mit – und daraus kann man gar nichts machen.«

»Was für Brocken?« Barbara hätte Jeff am liebsten geschüttelt, damit er schneller erzählte.

»Ja – das war es: Sie sprachen über MKX.« Jetzt war es heraus. »Ja, ich erinnere mich genau: über MKX.«

»MKX?« Jack staunte. »Was um alles in der Welt heißt das? Ob das vielleicht ein Deckname ist für einen, der ihnen helfen soll?«

»Das weiß ich nicht.« Jeff zuckte die Schultern. »Ich erinnere mich nur an MKX. Und ein Datum: Donnerstag, den 25. Sie sagten das zwei- oder dreimal. Das ist nächsten Donnerstag, oder?«

»Ja«, bestätigte Peter, »das stimmt. Vielleicht ist das der Termin für ihren nächsten Raubüberfall oder was sie sonst vorhaben mögen. Mein Gott, ist das aufregend! Weiter, Jeff! Was weißt du noch?«

»Sei nicht so ungeduldig«, sagte Jeff. »Sonst erinnere ich mich falsch.«

Sie blieben stumm wie die Fische. Niemand wollte, dass Jeff sich falsch erinnerte.

»Halt, ja, sie sprachen da über jemanden.« Jeff zog die Stirn in dicke Falten vor lauter Überlegen. »Der Name fiel immer wieder: Emma Lane, das weiß ich noch genau.«

»Emma Lane? Das ist immerhin etwas«, lobte Colin ihn. »Vielleicht finden wir heraus, wer das ist. Ich habe den Namen noch nie gehört.«

»Und sonst noch was?«, forschte Peter weiter. »Du hast schon eine Menge herausgebracht. Denk doch weiter nach.«

Jeff fühlte sich geschmeichelt. Er dachte nach. In Gedanken lag er wieder auf dem Sofa in jener Nacht und hörte die Stimmen der beiden Männer.

»O ja«, rief er plötzlich, »sie sprachen noch von einem roten Mostkasten! Das fällt mir jetzt ein.«

Alle waren verblüfft. Ein roter Mostkasten schien nun ganz und gar nicht in die Geschichte zu passen. Was das nur bedeuten mochte: ein roter Mostkasten? Ein Kasten für Mostflaschen vielleicht? Aber warum denn rot? So etwas hatte noch keiner von ihnen gesehen oder gehört.

»MKX – Donnerstag, den 25. – Emma Lane – ein roter Mostkasten«, zählte Peter auf. »Was für ein Sammelsurium. Daraus lässt sich wirklich nichts machen! Eine Geschichte, in der diese vier Dinge vorkommen? Das Einzige, was uns bleibt, ist die Emma-Lane-Spur. Oder gibt es noch etwas, Jeff? Denk nach!«

»Ja, richtig, da ging es noch um ein Gitter«, überlegte Jeff. »Beobachten durch ein Gitter – ja, so war es! Hilft euch das?«

Nein, überhaupt nicht. Es vermehrte nur das Durcheinander. Wie sollte die *Schwarze Sieben* dieses Rätsel je lösen?

Jeff ist in Gefahr

Mehr war aus Jeff nicht herauszuholen.

Er sah ganz betrübt drein, als ihn die sieben mit Fragen weiterquälten.

Er wurde ganz blass. Peter sah es.

»Erledigt! Keine Fragen weiter!«, ordnete er an. »Wir wollen erst einmal überlegen und dabei ein paar Kekse zur Stärkung essen. Georg, pack aus. Magst du einen Keks, Jeff?«

Wenn es auch erst eine knappe Stunde her war, seit er die großartige Mahlzeit gehabt hatte, war Jeff durchaus bereit, wieder zu essen. Und das Kätzchen auch. Es leckte und knabberte an einem Keks, den Janet ihm hinhielt. »Jetzt geht es ihm schon viel besser«, stellte Jeff fest. »Hört mal, ist das euer Hund, der da bellt?«

Ja. Lump bellte ein paar Mal kurz auf und brach dann plötzlich in ein lautes, wütendes Gebelfer aus. Peter spähte vorsichtig durch eine Lücke im Gezweig. Jeff klammerte sich an Colin, zu Tode erschrocken.

»Verratet mich nicht, wenn sie es sind«, flehte er, »bitte, bitte nicht!« Zwei Männer standen unter dem Baum. Peter ließ Jeff hinuntersehen. Er zuckte zurück, zitternd und so erschrocken, dass Peter sofort wusste: Diese Männer waren Mr. Tizer und Jeffs Onkel. Sie suchten ihn also noch. Und jetzt standen sie genau unter dem Baum, auf dem Jeff sich verbarg.

Das wussten sie freilich nicht.

Lump nahm ihre ganze Aufmerksamkeit in Anspruch. Er umsprang die Männer wie wild und tat, als schnappe er nach ihnen. Er mochte sie offenbar ganz und gar nicht.

»Du Biest von einem Hund!«, fluchte der eine und griff sich einen starken Ast und warf ihn nach Lump. Peter wurde rot vor Zorn. Der Zweig traf Lump nicht, aber er machte ihn halb verrückt. Der kleine Hund warf sich auf die beiden Männer und die liefen schließlich auch voller Wut davon. Lump jagte sie, bis man nichts mehr von ihnen hörte, und kam dann zurück, atemlos, aber sehr mit sich zufrieden. »Guter Lump«, lobte Peter ihn. »Guter Hund! Pass gut auf, Lump, pass auf!«

Lump ging wieder zu seinem Baum und setzte sich. Auch die *Schwarze Sieben* machte es sich wieder bequem. Der arme Jeff aber war blass und zitterte immer noch und das Kätzchen hatte sich unter seinem zerrissenen Anzug versteckt.

»Kopf hoch, Jeff«, sagte Peter. »Lump hat sie verjagt. Ich begreife nur nicht, wie sie darauf kommen, dass du hier im Windwald sein könntest.«

»Das hat mit dem Kätzchen zu tun«, erklärte Jeff. »Sie brauchen doch nur zu fragen, ob jemand einen Jungen mit einem Kätzchen beobachtet hat. Und es haben mich ja mehrere Leute gesehen, Waldarbeiter und auch Spaziergänger. Schließlich werden Mr. Tizer und mein Onkel mich doch noch schnappen.«

»Nein, bestimmt nicht«, versicherte Peter ihm. »Ich muss schon sagen, die gefielen mir gar nicht. Ja, aber was wollen wir nun tun?«

Die sieben Kinder vom Geheimbund sprachen alles wieder und wieder durch.

MKX: Wer oder was konnte das sein?

Emma Lane: Wie sollten sie herausfinden, wo sie wohnte?

Der rote Mostkasten: völlig unverständlich.

Der 25.: Das war ein Datum, eines, das es gab – aber was sollte da geschehen? Und wo sollte es geschehen?

Das Gitter: Wo war es? Warum sollte jemand hindurchschauen?

»Nicht einmal der berühmte Sherlock Holmes könnte dieses Puzzle zusammensetzen«, sagte Peter schließlich. »Es scheint völlig sinnlos, weiter darüber zu reden.«

»Ja, aber es macht Spaß und ist so aufregend«, sagte Pam. »Ich finde doch, wir sollten jemandem davon erzählen. Vielleicht deinen Eltern, Peter?«

»Ja. Es ist sicher besser, wir erzählen es ihnen«, meinte Peter. Aber man merkte, dass er nicht viel davon hielt. »Wenn wir es selbst herausfinden könnten … wir sollten es vielleicht doch probieren. Aber ich sehe einfach keine Möglichkeit. Wir könnten allerdings feststellen, ob es eine Emma Lane gibt. Vielleicht bringt uns das weiter.«

»Aber wie willst du das feststellen?«, erkundigte sich Barbara.

»Bei der Post fragen«, schlug Georg vor und war sehr stolz auf seinen Einfall. »Dort weiß man von jedem die Adresse.«

»Ja, das ist ein guter Vorschlag«, gab Peter zu. »Jack und du, ihr beiden könnt auf dem Rückweg einmal fragen. Und wenn nichts dabei herauskommt, erzählen wir alles meinen Eltern.«

»Lieber nicht«, bat Jeff. »Ich kriege bestimmt Ärger, wenn die Polizei dahinter kommt.«

»Tut mir Leid, Jeff«, sagte Peter, »aber diese Sache muss doch untersucht werden. Es ist jammerschade, dass die *Schwarze Sieben* es allein nicht schafft. Bisher haben wir noch nie versagt. Aber wirklich, diesmal ist der Fall zu schwierig.«

»Wir wollen lieber gehen«, bat Georg. »Ich werde

immer gescholten, wenn ich zu spät komme. Kommt ihr mit?«

»Ja, natürlich«, sagte Janet. »Und Jack und du, ihr geht zur Post und fragt. Wir müssen dich jetzt leider verlassen, Jeff.«

»Und wann kommt ihr wieder?«, fragte er ängstlich.

»Wahrscheinlich schon am Nachmittag«, tröstete Peter ihn. »Wir überlegen noch auf dem Rückweg. Wir bringen dir auch was zu essen mit. Jedenfalls kannst du alles aufessen, was noch hier ist. Das verkürzt dir die Wartezeit. Nur keine Angst. Bis jetzt ist noch alles in bester Ordnung. Niemand wird erraten, dass du hier oben steckst.«

Jeff sah nicht sehr überzeugt aus. Er blickte den sieben Kindern nach, wie sie jetzt eins nach dem anderen hinunterkletterten, und hörte Lumps Begrüßungsgebell. Das Kätzchen drängte sich voller Angst an ihn, als es den Hund hörte. »Wenn Mr. Tizer das Bellen hört, weiß er genau, da stimmt etwas nicht«, überlegte der arme Jeff voll Schrecken. »Vielleicht bin ich wirklich hier oben sicher. Aber ich habe gar keine Möglichkeit zu fliehen, wenn sie herausfinden, dass ich hier bin, und mir nachsteigen.« Ihm war nicht wohl zu Mute.

Auf falscher Fährte

Georg und Jack gingen zur Post, wie Peter ihnen aufgetragen hatte. Sie kannten da ein Mädchen.

»Hoffentlich macht es Ihnen nicht allzu viel Mühe«, fing Georg höflich an. »Wir möchten gern wissen, wo jemand wohnt, der Emma Lane heißt. Es ist wichtig. Können Sie das herausfinden?«

»Ein paar Minuten wird es schon dauern«, sagte das Mädchen und holte das dicke Adressbuch herbei. »Aber ich werde es schon für euch herausfinden.«

Die Jungen warteten geduldig. Das Mädchen blätterte, ihr Finger lief die Namen entlang. »Ja«, sagte sie, »hier ist eine Emma Lane. Mrs. Emma Lane, Church Street 1. Das muss die sein, die ihr sucht. Es ist die einzige Emma Lane hier im Ort. Die anderen heißen Elisabeth und Elsie.«

»Oh, toll, vielen Dank!« Georg war hocherfreut. »Church Street 1. Das ist leicht zu behalten.«

»Sofort nach dem Essen besuchen wir Peter und erzählen es ihm«, schlug Jack vor. »Vielleicht können wir alle zusammen hingehen und herausfinden, wer Emma Lane ist und was sie tut.«

Nach dem Essen trafen sie sich also bei Peter in ihrem Versammlungsraum und berichteten ihm und Janet, was sie erfahren hatten.

»Wir gehen gleich zu dieser Emma Lane hin und

klopfen dort einmal auf den Busch«, entschied Peter. »Vielleicht kennt sie diesen Mr. Tizer.«

»Ja, und vielleicht erzählt sie uns sogar etwas von ihm und von diesem grässlichen Onkel«, sagte Georg. »Wollen wir den anderen Bescheid sagen und alle zusammen gehen?«

»Nein. Das würde doch verdächtig sein, wenn sieben von uns dort antanzen, um sich mit Emma Lane zu unterhalten.«

So wanderten also nur die vier zur Church Street. Nummer eins war ein hübsches kleines Haus, sauber und gut gehalten, mit einem winzigen Vorgarten. Die vier Kinder blieben davor stehen und beratschlagten, wer zur Tür gehen sollte und was sie sagen wollten.

»Geh du, Peter«, sagte Georg. »Wir haben schon unser Teil getan und bei der Post gefragt. Ich wüsste auch wahrhaftig nicht, was ich dieser Emma Lane sagen sollte.«

»Okay, Janet und ich gehen«, entschied Peter und ging mit seiner Schwester den schmalen Weg zur Haustür. Sie klingelten.

Ein kleines Mädchen öffnete die Tür und starrte sie an. Sie sagte kein Wort.

»Hm, kannst du mir bitte sagen, ob Mrs. Emma Lane zu Hause ist?«, begann Peter höflich.

»Wer ist das?«, fragte das kleine Mädchen. »Ich kenne niemanden, der Emma Lane heißt.«

Das war nun überraschend. Peter war verblüfft.

»Aber bei der Post sagte man uns, sie wohne hier«, erklärte er. »Gibt es hier denn keine Emma Lane? Wie heißt denn deine Mutter?«

»Meine Mutter heißt Mary Margaret Harris. Und ich bin Lucy Ann Harris.«

Eine Stimme rief durch den Flur: »Wer ist da, Lucy?«

»Ich weiß es nicht!«, gab Lucy zurück. »Es sind zwei Kinder, die nach jemandem fragen, der hier nicht wohnt.«

Eine Dame kam durch den Flur. Sie lächelte Peter und Janet zu. »Ich bin gerade beim Kuchenbacken«, sagte sie. »Wen wolltet ihr denn sprechen?«

»Sie suchen eine Emma Lane«, sagte das kleine Mädchen lachend. »Aber die wohnt doch hier nicht, nicht wahr, Mami?«

»Emma Lane? Aber das ist doch Großmutter, du Dummerchen!«, sagte die Dame.

Lucy starrte ihre Mutter verwundert an. »Ich habe nicht gewusst, dass Großmutter Emma Lane heißt«, staunte sie. »Ich habe nie gehört, dass jemand sie so nennt. Du sagst Mutter zu ihr und ich Omi.«

»Nun, sie hat auch noch einen anderen Namen«, erklärte ihr die Dame und wandte sich an Peter und Janet.

»Die alte Dame lebt nicht hier. Seit etwa drei Monaten ist sie an der See und wir haben ihr Haus übernommen. Wolltet ihr sie sprechen?«

»Nein … das heißt, ja … aber es ist schon gut«, stotterte Peter und fühlte sich leicht verwirrt. »Vielen Dank und entschuldigen Sie, dass wir Sie beim Kuchenbacken gestört haben.«

Er trottete mit Janet zurück. »Was für ein dämliches Mädchen, das nicht einmal den Namen seiner Großmutter weiß«, fand Janet.

»Hm, Janet, kennst du denn die Namen von unseren beiden Großmüttern?«, wollte Peter wissen. »Die Nachnamen ja – aber den Vornamen weiß ich von keiner. Ich habe nie gehört, dass sie jemand beim Vornamen nannte. Das ist doch bei uns genauso mit ›Oma‹ und ›Mutti‹ und Vati sagt ›Mutter‹ zu ihnen.«

»He, was ist los?«, fragten Jack und Georg neugierig. »Was habt ihr erfahren?«

Peter erzählte.

»Glaubst du nun, dass die Großmutter des kleinen Mädchens irgendetwas mit Mr. Tizers Plan zu tun hat?«, fragte Janet. Peter schüttelte den Kopf. »Nein. Sie ist eine alte Dame, und sie muss reizend sein, wenn sie in so einem hübschen kleinen Haus wohnt. Und außerdem ist sie ja gar nicht da. Das ist nicht die Emma Lane, die wir suchen, und eine andere kennt die Post nicht.«

Sie gingen schweigend weiter. Peter seufzte. »Wir

erzählen doch besser den Eltern davon, Janet. Es ist alles zu verworren und schwierig. Und wir können so gar nichts tun. Ein roter Mostkasten. MKX … einfach verrückt!«

Jeff ist verschwunden

Als Vater zum Kaffeetrinken erschien, erzählte Peter ihm die Neuigkeiten, wobei er natürlich nicht vergaß, Butter und Honig doppelt dick auf sein Brot zu streichen.

»Vati! Die *Schwarze Sieben* steckt schon wieder mittendrin!«

Vater und Mutter sahen gleichzeitig auf.

»Du und deine *Schwarze Sieben*! Was ist denn diesmal wieder los? Nichts Ernsthaftes, hoffe ich!«

»Das wissen wir noch nicht«, sagte Peter. »Aber zwei von den Leuten, die darin verwickelt sind, scheinen wirklich böse zu sein – ich jedenfalls glaube das –, und deshalb kann daraus natürlich eine ernsthafte Sache werden. Wir wissen schon eine ganze Menge, aber trotzdem ist alles so unerklärlich, verworren und verwickelt, dass wir gar nichts damit anfangen können. Darum wollten wir dir das Ganze lieber erzählen.«

»Dann schieß los«, sagte sein Vater. »Ich kann es kaum noch erwarten.«

»Du darfst dich nicht darüber lustig machen, Vati.« Janet war beleidigt. »Die *Schwarze Sieben* ist ein richtiger Geheimbund, und du weißt doch genau, dass wir schon eine ganze Menge geschafft haben!«

»Ich lach doch gar nicht«, behauptete der Vater, »und Mutti auch nicht. Aber nun erzählt mal.«

Peter und Janet berichteten also von dem Baumhaus, von Jeff und seinem Kätzchen, von dem bösen Onkel und von Mr. Tizer und von all den merkwürdigen Dingen, die Jeff ihnen erzählt hatte. Der Vater trank dabei ruhig seinen Kaffee. Er hörte zu, stellte dann und wann ein paar Fragen. Mutter warf ein paar Worte dazwischen: dass sie das Baumhaus für recht gefährlich halte und dass Kinder nachts im Wald nichts zu suchen hätten und solche Dinge. Schließlich war alles erzählt.

Der Vater wiegte den Kopf hin und her: »Ja nun, nun ja, man sollte der Sache vielleicht nachgehen. Aber wenn ihr meine Meinung hören wollt: Ich glaube, dass dieser Junge, dieser Jeff, sich das alles nur ausgedacht hat. Er fühlte sich unglücklich, weil seine Mutter ins Krankenhaus gebracht wurde; er mag Onkel und Tante nicht leiden und verträgt sich nicht mit ihnen und läuft weg. Und ihr wart freundlich zu ihm – also erzählte er euch eine hübsche kleine Geschichte.«

»O nein, Vati«, unterbrach Janet ihn. »Er hat sich das

nicht ausgedacht, wirklich nicht! Und das Kätzchen blutete tatsächlich. Es war wirklich getreten worden.«

»Also, nun hört einmal zu: Geht hin und bringt mir den Jungen Jeff hierher. Wenn etwas wahr ist an der Geschichte, dann werde ich es bald herausfinden. Und wenn es zweifelhaftes Gerede ist, auch. Er kann uns die Adresse seines Onkels sagen, und dann soll die Polizei prüfen, was da eigentlich los ist.«

»Er möchte aber doch gerade *nicht*, dass die Polizei etwas davon erfährt«, warf Peter ein.

»Natürlich nicht – wenn er sich alles ausgedacht hat«, entgegnete sein Vater. »Also, geht und holt ihn. Sagt ihm, ich würde ihm den Kopf nicht abreißen. Und was die Dinge angeht, die er im Halbschlaf gehört haben will – nun, ich glaube, das hat er alles nur geträumt. Guckt nicht so enttäuscht, ihr beiden. Wenn ihr erst einmal älter seid, werdet ihr schon lernen, nicht alles zu glauben, was man euch erzählt.«

»Aber Vati, er sprach bestimmt die Wahrheit! Das glaube ich ganz sicher. Wenn du Jeff damals gesehen hättest, würdest du anders über die Sache denken.« Janet brach fast in Tränen aus.

»Aber Kind! Dann sind wir die Ersten, die alles tun, um ihm zu helfen«, versicherte ihr Vater. »Nun holt ihn also. Ich erledige noch meine Arbeit, und wenn ihr wiederkommt, gehen wir der Sache gemeinsam auf den Grund.«

Peter und Janet gingen zu ihrem Baumhaus und waren ganz verstört. Es war einfach niederdrückend, dass Vater und Mutter glaubten, Jeff sei ein Betrüger. *Sie* dagegen glaubten das jedenfalls nicht.

Also gut: Jeff sollte mit ihnen kommen und Vater alles erzählen. Aber er wäre sicher so eingeschüchtert, dass er kein Wort herausbrächte.

»Ich hoffe nur, Jeff kommt mit«, sagte Peter, als er sich überlegte, wie schwierig es sein würde, Jeff dazu zu bringen, den Baum hinabzuklettern, wenn er nicht wollte. Sie schwiegen den ganzen Weg lang, bis sie ihren Baum erreichten.

Peter rief hinauf: »Jeff, komm herunter! Wir haben dir etwas zu erzählen!« Niemand antwortete.

Peter rief noch einmal: »Jeff! Ich bin's, Peter. Komm doch herunter! Es ist niemand da außer mir und Janet. Es ist sehr wichtig.«

Wieder keine Antwort! Aber halt – da war doch etwas. Ein dünnes »Miau« drang zu ihnen herab.

»Das Kätzchen ist da«, sagte Peter. »Dann wird Jeff auch nicht weit sein. Ob er schläft? Ich steige hinauf und schau einmal nach.«

Er kletterte hoch zur Plattform. Da lagen die Kissen herum und das Kätzchen rannte miauend auf ihn zu. Aber keine Spur von Jeff. Peter rief noch einmal und spähte nach oben. Vielleicht war Jeff in die oberen Zweige geklettert.

Aber nichts war von ihm zu entdecken.

Peter setzte sich auf eins der Kissen, um einen Moment nachzudenken. Er fühlte Enttäuschung in sich hochsteigen und ließ seinen Blick suchend umherschweifen. Da sah er plötzlich einen Fetzen Papier, in einen Ritz in der Rinde gestopft. Er griff danach und las.

Sie haben mich gefunden, stand darauf. *Sie sagten, sie wollten raufkommen und das Kätzchen den Baum hinabwerfen, wenn ich nicht herunterkäme. Das hätten sie getan. Sorgt für das Kätzchen. Vielen Dank für alles. Jeff.*

Peter glitt so schnell den Baum hinab, dass ihm die Hände und Knie brannten. Er reichte Janet das Papier.

»Sie haben ihn gefunden. Sie müssen zurückgekommen sein und gemerkt haben, dass er hier oben ist, weil Lump sich so angestellt hat. Vielleicht hat auch die Katze zu laut miaut. Der arme Jeff!«

Janet war ganz verstört. »Was können wir nur tun? Wir wissen nicht einmal, wo Jeff wohnt. Wir können überhaupt nicht helfen. Schau, das arme Kätzchen kommt ganz allein den Baum runter.«

Peter hob das kleine Wesen hoch. »Wir werden schon für dich sorgen«, sagte er. »Wo ist nur dein Herrchen abgeblieben? Wie gern wir das wüssten!«

Schlechte Nachrichten

Peter und Janet trotteten nach Hause. Das Kätzchen kuschelte sich dicht in Peters Arm. Ihr Vater wartete schon.

»Na, und wo ist Jeff?«, fragte er.

»Weg«, sagte Peter und reichte Vater den Zettel.

»Von dem wirst du nie wieder etwas hören«, sagte Vater. »Ich hab euch gleich gesagt, der Bursche hat geschwindelt. Fragt die Mutter, ob ihr das Kätzchen behalten dürft. Wir brauchen ja wirklich nicht noch eine Katze. Ich halte nichts von einem Jungen, der ein Kätzchen wie dieses da im Stich lässt.«

»Das hat er doch nicht getan, Vati!« Janet musste vor Aufregung und Sorge schlucken. »Er musste es zurücklassen. Diese Männer sind doch so gemein!«

Aber der Vater ging ohne ein weiteres Wort wieder an die Arbeit.

Peter und Janet sahen sich an. Vater hatte so oft recht – vielleicht auch diesmal? Vielleicht war Jeff wirklich ein Betrüger und hatte sich alles nur ausgedacht? »Um alles in der Welt! Was sollen wir denn tun?«, flehte Janet und wischte sich die Augen.

Peter überlegte.

»Wir müssen die Sache wohl aufgeben«, meinte er. »Wir können schlecht etwas gegen Vatis Willen unternehmen, und wir können auch gar nichts allein tun, weil wir nicht dahinter kommen, was diese Dinge, an die Jeff sich erinnerte, bedeuten könnten. Nun ist Jeff auch noch verschwunden und wir wissen nicht, wohin. Ich weiß mir keinen Rat.«

»Wir werden eine Versammlung einberufen und den anderen Bescheid sagen«, beschloss Janet düster. »Das wird ihnen nicht gefallen. Zuerst klang alles so aufregend und nun bleibt davon nichts als eine Lügengeschichte. Ich mochte Jeff wirklich gern.«

»Ich auch«, gestand Peter. »Lass uns die Zettel schreiben und den anderen in die Briefkästen werfen, damit sie wissen, dass morgen Versammlung ist. Diesmal unten im Schuppen, zur Abwechslung.«

Die Zettel wurden geschrieben und abgeliefert.

Um zehn Uhr am nächsten Morgen trafen sich die sieben im Schuppen. Das Kennwort »Abenteuer« schmeckte Janet und Peter gar nicht, da von Abenteuer keine Rede mehr sein konnte.

»Ich habe schlechte Nachrichten«, begann Peter. »Wir haben alles unserem Vater erzählt. Er glaubt nichts davon. Er sagte, wir sollten Jeff zu ihm bringen und er wollte sich dessen Geschichte dann anhören – aber Jeff war weg, einfach verschwunden.«

Alle waren baff.

»Weg?«, fragte Jack. »Wohin?«

Peter holte den Zettel hervor, und während er die Runde machte, wurde es immer stiller im Schuppen.

»Wir haben das Kätzchen mitgebracht«, erzählte Peter. »Das ist alles, was übrig blieb von Jeff und seiner Geschichte.«

»Also kann man nichts mehr tun«, sagte Georg verärgert. »Und ich hatte gerade gedacht, es finge ein neues Abenteuer an.«

»Ja, da haben wir uns gründlich geirrt«, sagte Peter. »Diese Sache ist also beendet. Wir kommen nicht weiter und können auch nichts mehr herausfinden. Das ist tatsächlich unsere erste Pleite.«

War das eine traurige Versammlung! Alle waren ganz niedergeschlagen. Sie überlegten, wo Jeff wohl stecken könnte. Hatte er ihnen wirklich nur etwas vorgemacht? Das konnten sie nicht glauben.

»Wir haben doch selber Mr. Tizer und Jeffs Onkel gesehen, Menschenskinder!«, stellte Colin plötzlich fest. »Die jedenfalls waren nicht erfunden!«

»Ja, aber wir wissen schließlich nur von Jeff, dass sie der Onkel und Mr. Tizer sein sollten«, erinnerte Peter ihn. »Er sagte, das seien sie – aber genauso gut können das zwei Waldarbeiter gewesen sein oder auch Wilderer. Übel sahen sie aus, das auf alle Fälle.«

Stille.

»Na schön«, sagte Georg schließlich, »aus und erledigt! Denken wir nicht mehr daran. Gehen wir heute noch zum Baumhaus?«

»Ach, Baumhaus«, sagte Janet, »ohne mich. Ich habe

überhaupt keine Lust. So schlecht war ich schon lange nicht mehr gelaunt.«

Da mussten sie alle lachen. Janet war nie schlecht gelaunt.

Colin klopfte ihr wohlwollend auf den Rücken. »Lass nur, Janet. Wir werden schon darüber hinwegkommen. Jedenfalls halte ich meine Augen offen. Wer weiß, vielleicht treffe ich Emma Lane heute auf der Straße, einen roten Mostkasten in der Hand und darauf in Ölfarbe die Buchstaben MKX.«

Na, das gab dann doch ein ganz schönes Gelächter. Und so verabschiedeten sie sich, ein wenig getröstet. »Was haben wir heute eigentlich für einen Tag?«, fragte Georg Colin, als sie zusammen die Straße entlanggingen. »Mittwoch, den 24., nicht wahr? Morgen muss also etwas passieren – jedenfalls, wenn wir Jeffs Erzählungen noch glauben wollen.«

»Vielleicht hat er das Datum auch erfunden«, knurrte Colin. »Was machen wir jetzt eigentlich? Wir haben noch so viel Zeit heute Morgen.«

»Gehen wir zum Kanal«, schlug Georg vor. »Vielleicht sehen wir ein paar Schleppzüge. Ich mag gern am Kanal spielen. Irgendetwas ist dort immer los.«

»Find ich auch«, sagte Colin. »Ich hole nur eben mein Boot. Hol deins doch auch. Dann treffen wir uns an der Straße bei der Eisenbahnbrücke, du weißt schon, unten am Kanal.«

»Welche Straße?«, fragte Georg, weil er das mit der Eisenbahnbrücke nicht verstanden hatte. Aber Colin war schon losgelaufen. Georg rief laut hinter ihm her: »Colin, welche Straße meinst du? Sonst verpass ich dich.«

»Du kennst die Straße doch, Dummkopf«, schrie Colin zurück. »Ember Lane!«

Colin war schon so weit weg, dass er nur schwer zu verstehen war. Es klang wie »Emma Lane«. Georg stand wie angewurzelt da. Ember Lane – Emma Lane. Jeff hatte vielleicht nicht genau gehört, was sein Onkel gesagt hatte, immerhin hatte er ja noch halb geschlafen. Vielleicht hatten sie Ember Lane gesagt und nicht Emma Lane? Das klang doch so ähnlich! Ember Lane.

»Vielleicht ist es so, vielleicht ist das keineswegs unsere erste Pleite, sondern tatsächlich ein neues Abenteuer, das gerade erst richtig begonnen hat«, murmelte Georg aufgeregt. »Wir werden uns sehr gründlich umsehen in der Ember Lane, für den Fall, dass …«

Den Verbrechern auf der Spur

Die beiden Jungen trafen sich – die Boote unterm Arm – an der Ecke der Ember Lane. Georg erzählte Colin sofort, was ihm eingefallen war.

»Als du Ember Lane gerufen hast, klang es genau wie Emma Lane«, erzählte er. »Wenn Jeff das nun gemeint hat? Vielleicht hat er sich im Halbschlaf verhört. Ember Lane. Ich bin fast sicher, das war gemeint.«

»Und du vermutest, am 25. passiert irgendetwas in der Ember Lane?«, fragte Colin. »Mensch, da könntest du Recht haben. Aber was soll denn hier schon passieren?«

Sie sahen sich um in der Ember Lane. Es war eine breite, schmutzige Straße mit großen Lagerhäusern auf beiden Seiten. Sie führte zum Kanal hinunter und war jetzt ziemlich belebt; viele Leute trugen Pakete und Packen, die sie aus den Lagerhäusern geholt hatten. Boten gingen vorbei und viele Arbeiter. Man konnte sich einfach gar nicht vorstellen, wie in dieser Straße ein Raubüberfall oder etwas Ähnliches geschehen sollte.

Colin und Georg betrachteten aufmerksam jedes Gebäude. Sie kamen an ein Lagerhaus, das ein breites Gitter, genau mit dem Bürgersteig abschließend, hatte. Es war ein Fenstergitter. Die beiden blickten vorsichtig hindurch. Sie sahen in einen tiefen Kellerraum, in dem Arbeiter an einem Tisch Pakete und Päckchen packten. Das vergitterte Fenster ließ ein bisschen Licht und Luft durch.

»Ein Gitter ist es auf jeden Fall.« Georg richtete sich

wieder auf. »Wenn hier nun jemand steht und hindurchsieht, wie Jeff uns berichtet hat, was für einen Nutzen könnte er denn davon haben?«

»Es könnte ja auch jemand auf der anderen Seite des Gitters, nämlich im Keller, stehen«, gab Colin zu bedenken. »Wenn er an dem Tisch dort steht, stell dir das mal vor, dann kann er die Straße durch das Gitter hindurch beobachten. Und wenn es dunkel ist, wäre er selbst von der Straße aus nicht zu sehen. Kein schlechter Platz für einen Wachtposten, meine ich.«

»Klasse«, rief Georg, »ja, wirklich! Sind wir doch wieder auf einer Spur? Was meinst du?«

»Herrje, ich weiß es nicht«, sagte Colin. »Aber wenn wir es wären, dann würde auf dem Tisch der rote Mostkasten stehen, und irgendeiner zischte uns ins Ohr: He, MKX, wir brauchen Sie!«

So gingen sie denn mit ihren Booten zum Kanal und ließen sie segeln, bis es Essenszeit war. Als sie auf dem Heimweg noch einmal an dem Lagerhaus in der Ember Lane vorbeikamen, schauten sie wieder hinein. Der unterirdische Raum war nun leer. Die Arbeiter hatten wohl Mittagspause.

»Wir sollten das Ganze vielleicht doch Peter erzählen«, meinte Colin, als sie sich trennten. »Lass uns heute Nachmittag hingehen und berichten. Er sollte es auf jeden Fall wissen, finde ich, auch wenn weiter nichts dran ist.«

Peter war höchst interessiert. »Leute, das ist ja prima von euch!«, sagte er. »Emma Lane – Ember Lane. Das kann jeder leicht verwechseln. Aber das Gitter halte ich nicht für so wichtig. Gitter gibt es überall.«

»Aber nicht in der Ember Lane«, entgegnete Colin. »Wir haben uns die Gebäude dort genau angeguckt. Das ist das einzige Gitter.«

»Okay, Janet und ich werden uns diese Ember Lane heute Nachmittag auch einmal ansehen«, entschied Peter. »Und das Gitter werden wir dabei besonders sorgfältig unter die Lupe nehmen.«

Sie gingen tatsächlich hin. Die Ember Lane sah düster und schmutzig aus. Janet und Peter begutachteten das Gitter voll Interesse. Colin hatte Recht, es gab nur das eine in der Ember Lane.

»Ja, aber das verrät uns auch nichts weiter«, sagte Peter. »Selbst wenn wir das nun für das Gitter halten, durch das Mr. Tizer oder der Onkel etwas beobachten sollten – was wollen sie hier beobachten oder wen? Schließlich ist es doch kein Verbrechen, durch ein Gitter zu peilen.«

»Vielleicht wollen sie ungesehen jemanden beobachten, damit sie sein Kommen oder Gehen einem anderen signalisieren können, der vielleicht schon auf dem Sprung ist«, überlegte Janet.

Peter sah sie beeindruckt an.

»Ja, so kann es natürlich sein«, bestätigte er. »Aber

was kann man denn von hier aus erkennen? Wir werden uns mit dem Rücken an das Gitter stellen, um zu sehen, was man eigentlich von drinnen überschaut.«

Sie standen und schauten und ihre Augen glitten über das gegenüberliegende Lagerhaus, das Pflaster, einen Laternenpfahl.

»Also, alles, was man von hier aus sehen kann, ist das Lagerhaus drüben, wenn auch nicht ganz«, stellte Janet fest. »Und die Straßenlaterne – und das Pflaster und den roten Postkasten dort. Ja, ich glaube schon, den roten Postkasten kann man auch sehen.«

Janet brach plötzlich ab. Sie sah Peter mit großen Augen an. »Peter!«, flüsterte sie. »Peter – der rote Mostkasten!«

»Der rote Mostkasten? Wo?«, fragte Peter verwundert. Dann ging ihm plötzlich ein Licht auf. »Janet! Natürlich! Ganz klar: Es war kein roter *Most*kasten, von dem Jeff im Halbschlaf hörte, ein roter *Post*kasten war's. Und der hängt dort!«

Die beiden starrten den roten Postkasten an und überlegten fieberhaft.

Ein Mädchen trat jetzt heran und warf ein paar Briefe ein. Peter und Janet waren nun völlig sicher, dass statt »roter Mostkasten« »roter Postkasten« gemeint war. Und man konnte ihn genau überwachen, wenn man hier unten im Keller – selber ungesehen – hinter dem einzigen Gitter von Ember Lane stand!

»Ich bin mir ganz sicher, dass wir die Sache noch zusammenkriegen«, schwor Peter. Er fühlte sich plötzlich ganz atemlos. »Jeff hat eben doch etwas gehört. Er hat auf keinen Fall gelogen, bloß um sich vor uns wichtig zu machen. Seine Geschichte war nur ohne Zusammenhänge. Weil er noch halb schlief, als die Männer sprachen, hat er alles auch nur halb verstanden.«

»Wenn wir jetzt noch herausfänden, was MKX bedeutet …«, sagte Janet. »Aber das schaffen wir nicht. Vielleicht haben alle Männer dieser Tizer-Bande Nummern oder Buchstaben. Aber immerhin, ein paar Puzzleteile haben wir ganz gut zusammengesetzt. Und so langsam wird eine Geschichte mit Hand und Fuß daraus. Peter, komm jetzt, wir müssen das alles sofort den anderen erzählen! Die werden sicher Augen machen, wenn sie von unserer neuesten Entdeckung erfahren.«

Die Rechnung geht auf

Die fünf Freunde gerieten außer Rand und Band, als sie die neuesten Berichte hörten. Sie fanden, dass Janet sehr klug gewesen sei, als sie entdeckte, dass der rote Mostkasten nur eine Verwechslung mit Postkasten sein konnte. Barbara dachte nach und meinte, es würde sie nicht wundern, wenn der Mann hinter dem Gitter jemandem ein Zeichen geben sollte, wenn der Postbote kam, um den Kasten zu leeren. »Vielleicht steht dann jemand bereit, um ihm die Briefe zu rauben«, sagte sie.

»Das ist eine Möglichkeit«, überlegte Peter. »Aber es erscheint unsinnig, dass jemand normale Briefe stehlen will. Sie haben doch gar keinen Wert.«

»Das ist wahr«, stimmte Jack ihm zu. »Nur die Säcke mit den Einschreiben und den Wertpaketen lohnt es vielleicht zu stehlen. Ich glaube nicht, dass der Beobachter den Postkasten im Auge behalten soll. Vielleicht soll er jemanden beobachten, der dort wartet oder vorbeigeht.«

»Das müsste man doch besser alles Vati erzählen, Janet, meinst du nicht?«, sagte Peter, nachdem die sieben alles noch einmal lang und breit durchgesprochen hatten. »Wenn da morgen etwas passieren soll, dann haben wir nicht mehr viel Zeit.«

»Wenn du meinst. Aber sagen wir es ihm erst am Abend«, schlug Janet vor. »Lass uns bis dahin warten. Vielleicht fällt uns selber noch etwas Wichtiges ein. Ich glaube nicht, dass Vati seine Meinung ändert, nur weil wir entdeckt haben, dass man einen roten Briefkasten durch ein Gitter in der Ember Lane beobachten kann.«

»Tatsächlich, es klingt reichlich blöd, wenn du es so

sagst«, fand auch Peter. »Also warten wir bis zum Abend. Bis dahin.«

Aber bevor sie dem Vater von den letzten Ereignissen und Überlegungen berichten konnten, kam Pam in den Garten gestürzt, hinter ihr Barbara. Peter und Janet gossen gerade die Blumen. Pam flog auf sie zu.

»Peter! Janet! Was glaubt ihr wohl: Wir haben MKX gesehen!«

Janet ließ ihre Gießkanne fallen und Peter starrte sie nur sprachlos an. »Wo ist er? Wo habt ihr ihn gesehen?«

»Das ist gar kein er. Das ist ein Auto!«, sagte Barbara. »Pam und ich gingen zusammen nach Hause, als wir den Postwagen an einem Briefkasten sahen – ihr wisst schon, einen von diesen Paketpostwagen, rot angemalt.«

»Und sein Kennzeichen war MKX!«, schrie Pam dazwischen. »MKX 102. Was haltet ihr davon? Wir wollten unseren Augen kaum trauen, als wir das MKX sahen. Ganz bestimmt ist es das, was Jeff meinte: der Postwagen mit dem Zeichen MKX.«

»Aber es muss doch viele Autos geben mit dem Kennzeichen MKX«, gab Peter zu bedenken, »eine ganze Menge jedenfalls.«

»Nein, nicht in unserer Stadt«, bestritt Pam. »Ich erinnere mich nicht, hier jemals eine Nummer mit dem Kennzeichen MKX gesehen zu haben. Ich guck immer auf die Autozeichen, das ist so ein Sport von mir. Aber diese Buchstaben habe ich noch nie gesehen. Wirklich nicht, Peter. Dieser Wagen muss das MKX sein, von dem die Männer sprachen, als Jeff noch halb schlief.«

Peter ließ sich auf einen Gartenstuhl sinken. »Ich glaube wirklich, du hast Recht«, sagte er. »Ja wirklich, du hast Recht. Jetzt fügt sich langsam alles ineinander. Wartet doch, lasst uns noch einmal alles durchgehen.«

Er setzte sich aufrecht hin und zog die Stirn kraus vor lauter Nachdenken. »Ja … vielleicht fährt da wirklich ein Postwagen in die Ember Lane … mit Säcken voll Einschreiben und Wertpaketen drin. Der Postfahrer verlässt seinen Wagen und geht über die Straße, um den Postkasten zu leeren.«

»Ja! Ja!«, schrie Pam. »Und irgendwer beobachtet das alles durch das Gitter, um zu sehen, wann er den Briefkasten aufschließt, mit dem Rücken zum Postwagen, und dann gibt er den anderen ein Zeichen, die versteckt draußen warten …«

»Und wenn sie das Zeichen sehen, stürzen sie sich auf den Wagen und brausen damit ab, bevor der Postbeamte es überhaupt ahnt!«, schrie Janet.

Sie saßen ganz erschöpft da und sahen einander mit leuchtenden Augen an. Hatten sie nun das Rätsel gelöst – oder war das alles zu fein ausgedacht, um wahr zu sein? »Also jedenfalls werden wir es nun gleich Vati erzählen. Was für ein Glück, dass ihr die Buchstaben auf dem Postwagen entdeckt habt, Pam und Barbara. Das war gute Arbeit! Wir sind eben doch ein guter Geheimbund, finde ich. Jedes Mal erfolgreich!«, sagte Peter stolz.

»Und wir dachten schon, diesmal wäre es eine völlige Pleite«, rief Janet. »Seht, da kommt Vati. Erzählt ihm alles.«

Peters Vater war im Nu umringt von vier aufgeregten Kindern, die ihm klarzumachen versuchten, was sie herausgefunden hatten und was sich wirklich morgen ereignen würde.

Er hörte aufmerksam zu, kratzte sich nachdenklich am Kopf und sah die Kinder zwinkernd an. »Allerdings, das ist nun wirklich eine vernünftigere Geschichte. Sehr gut! Da werde ich doch sofort etwas unternehmen.«

Er ging hinein, rief den Inspektor der Polizei an und bat ihn vorbeizukommen. »Ich habe Ihnen eine sonderbare Geschichte zu erzählen«, sagte er. »Sie brauchen sie nicht zu glauben, aber anhören sollten Sie sie sich immerhin ...«

Und ehe zehn Minuten vergangen waren, saß der freundliche Inspektor bei ihnen im Garten und lauschte aufmerksam der Erzählung.

Als sie zu Ende war, sah er zu Peters Vater hinüber.

»Das ist sehr interessant«, sagte er. »Es gab eine Menge Postwagenüberfälle in der letzten Zeit. Dieses Mal können wir also endlich den Anführer der Bande erwischen, und das hätten wir dann der *Schwarzen Sieben* zu verdanken, falls da nicht doch ein Fehler in der Rechnung steckt.«

Die Polizei greift ein

Er stand auf, um zu gehen. Die Kinder scharten sich um ihn. »Erzählen Sie uns doch, was Sie tun werden, bitte, bitte!«

»Erst muss ich alles noch einmal mit meinen Kollegen durchsprechen«, wehrte der Inspektor ab. »Ihr habt mir ja nicht viel Zeit für die Vorbereitungen gelassen, wie ihr wisst. Denn wenn ihr Recht habt, dann soll es ja morgen schon losgehen!«

»Aber wie erfahren wir, was geschieht?«, fragte Pam. »Wir sind doch schließlich beteiligt. Können wir denn nicht wenigstens zusehen, wie es weitergeht?«

»Ich gebe euch Nachricht, morgen früh um zehn Uhr«, versprach der rundliche Inspektor augenzwinkernd. »Ruft eine Versammlung der *Schwarzen Sieben* zusammen, unten im Schuppen, dann werde ich erscheinen und euch berichten.«

An diesem Abend waren die sieben Kinder so aufgeregt, dass ihre Eltern dachten, man würde sie nie ins Bett bekommen. Colin, Georg und Jack erfuhren von den anderen, was geschehen war. Als sie bedachten, wie klug sie alle zusammen wieder einmal gewesen waren, waren sie sehr stolz aufeinander.

»Also, bis morgen früh, zehn Uhr«, sagte Colin.

»Kennwort und alles andere nicht vergessen«, mahnte Peter. »Und bedenkt vor allem, dass kein einziges Wort von dem, was der Inspektor uns erzählt hat, ausgeplaudert werden darf.«

»Natürlich!«, riefen alle im Chor.

Fünf Minuten vor zehn war schon der ganze Haufen im Schuppen versammelt bis auf den Inspektor – der erschien pünktlich um zehn Uhr.

»Den müssen wir wohl ohne Kennwort einlassen«, sagte Peter. Aber Janet rief trotzdem laut: »Kennwort!«

Der Inspektor vor der Tür grinste. »Nun«, sagte er, »das weiß ich nicht. Aber es gibt ein Wort, das müsste in diesem Augenblick ein wirklich gutes Kennwort für euch sein, und das heißt: Abenteuer!«

»Richtig!«, brüllten alle begeistert und die Tür öffnete sich. Der Inspektor trat ein und bekam eine große Kiste als Sitz angeboten. Er nickte ihnen zu.

»Was ich sage, ist geheim«, sagte er. »Dienstgeheimnis. Wir haben Nachforschungen angestellt, und wir halten es für wahrscheinlich, dass ein Raubüberfall geplant ist für diesen Abend, wenn der Postwagen der Sieben-Uhr-dreißig-Leerung zum Briefkasten in der Ember Lane fährt. Zu dieser Zeit hat er mehrere Säcke mit wertvollen Sendungen in seinem Innern.«

»Ooh«, sagte Pam, »genau das, was wir uns schon gedacht haben.«

»Nun werden wir Folgendes tun«, fuhr der Inspektor fort. »Ein Postbeamter wird wie gewöhnlich mit dem Wagen vorfahren. Er wird ihn am üblichen Platz parken. Dann geht er hinüber zum Briefkasten und leert ihn, wie gewöhnlich – natürlich dreht er dabei seinen Rücken dem Wagen zu.«

»Und dann?«

»Nun, der Beobachter hinter dem Gitter wird sicherlich seinen Komplizen, die sich auf der anderen Seite versteckt haben, ein Zeichen geben«, meinte der Inspektor. »Sie werden sich auf den Wagen stürzen, ans Steuer springen – zwei Mann wahrscheinlich – und abfahren.«

»Und das wollen Sie dulden? Mit der ganzen Post darin?«

»Die Säcke werden eben nicht darin sein, meine Lieben«, erklärte der Inspektor listig. »Dafür aber sechs prima Polizisten! Welch ein Schreck für die beiden Gauner, wenn sie den Postwagen irgendwo an einem einsamen Fleck abstellen und die Wagentür öffnen!«

»Oh!«, schrien alle sieben begeistert und sahen den Inspektor entzückt an.

»Und auf den Mann, der hinter dem Gitter das Zeichen gab, werden zwei Polizisten am Ausgang des Kellerraumes warten«, beendete der Inspektor stolz seinen Bericht.

»Bitte, bitte, Herr Inspektor, können wir nicht irgendwo versteckt stehen und alles beobachten?«, fragte Peter. »Wenn wir nicht gewesen wären, dann hätte die Polizei doch keine Ahnung gehabt!«

»Also, passt jetzt einmal auf«, sagte der Inspektor und senkte seine Stimme, sodass alles doppelt aufregend klang. »In der Ember Lane gibt es ein Lagerhaus, das heißt Mark-Donald-Haus. Das hat einen Hintereingang an der Straße hinter der Ember Lane, in der Petton Road. Soweit ich informiert bin, wird niemand etwas dagegen einzuwenden haben, wenn da sieben Kinder nacheinander und ganz unauffällig hineingehen und durch das Haus hindurch bis zu einem Fenster, von dem aus man die ganze Ember Lane überschauen kann. Es würde mich auch nicht besonders überraschen, wenn da jemand wartet, der den sieben Kindern dieses spezielle Fenster zeigt.«

Am liebsten hätten sie den Inspektor alle einzeln umarmt. Aber er machte sich so schnell davon, dass dazu gar keine Zeit blieb.

»Vielen Dank! Das ist einfach großartig von Ihnen!

Wir sind bestimmt da – wenn unsere Eltern es erlauben«, riefen sie ihm nach.

»Nun, ich denke, da braucht ihr keine Sorgen zu haben«, gab der Inspektor zurück und weg war er.

»Klasse!«, sagte Peter und sah sich stolz um. »Wenn das nicht wunderbar ist! Logenplätze, erste Reihe!«

»Ja. Aber das Beste werden wir leider nicht sehen können – wenn nämlich die Männer die Wagentür öffnen und statt der heiß begehrten Postsäcke die Polizisten erscheinen«, bedauerte Jack.

»Trotzdem, wir sehen genug!«, sagte Peter. »Ich wüsste jetzt nur noch gern, wo Jeff steckt. Ich fürchte, dieser grässliche Tizer hat ihn eingesperrt – weiß der Himmel, wo –, bis der Raubzug vorüber ist. Was wohl aus dem armen Jeff wird?«

»Miau«, machte das Kätzchen, das auf Janets Knie saß. Sein Bein heilte sichtbar und rundlich war es auch schon geworden.

Janet streichelte es sanft.

»Der arme Jeff wird dich sicher vermissen«, sagte sie. »Aber lass nur, vielleicht können wir doch etwas für Jeff tun. Wenn die Banditen erst hinter Schloss und Riegel sitzen, werden wir ihn gewiss finden. Und dann kannst du wieder zu ihm zurück.«

»Herrje, ich wollte, es wäre schon Abend«, sagte Georg und stand auf. »Aber ich wette, heute wird es gar nicht Abend.«

Natürlich kam der Abend und es wurde sogar einer der aufregendsten Abende überhaupt für die *Schwarze Sieben*.

Bravo, Schwarze Sieben!

Die sieben verbrachten den Rest des Morgens in ihrem Baumhaus und sprachen immer wieder alles durch. Lump bezog seinen Wachtposten wie stets; aber heute kam niemand vorbei. Der Nachmittag zog sich hin und die Kinder wurden immer aufgeregter.

Um halb sieben gingen sie, eins nach dem andern, in die Petton Road. Um kein Aufsehen zu erregen, hielten sie es für richtiger, nicht in Gruppen zu erscheinen. Sie fanden den Hintereingang zu Mark Donalds Lagerhaus und stiegen eine dunkle Treppe hinauf. Die Tür oben schwang automatisch auf. Sehr geheimnisvoll. Hinter der Tür stand einer der Stadtpolizisten und lachte über ihr Staunen. Er führte sie noch einmal mehrere Treppen hinauf und staubige Gänge entlang zu einem kleinen Raum an der Vorderseite des Hauses.

Unten lag die Ember Lane.

»Von hier haben wir eine prima Aussicht auf den roten Postkasten«, flüsterte Janet. »Wir werden alles genau sehen können. Ich wüsste zu gern, ob der Wachtposten der Bande schon hinter dem Gitter steht.«

Sie fragten den Polizisten. Der nickte. »Ja, der ist schon da. Wir haben beobachtet, wie er in den Keller ging. Aber vor der Kellertür stehen jetzt auch schon in einem Schrank zwei Polizisten, um ihn dann in Empfang zu nehmen.«

Es war fast zu aufregend! Die Kinder konnten nicht mehr still sitzen. Die Zeit verging aber auch zu langsam. Sieben Uhr – zehn Minuten nach – zwanzig nach – fünfundzwanzig …

Plötzlich schlug eine Kirchturmuhr! Halb acht! Das war die Zeit!

Dann geschah alles sehr plötzlich und schnell. Man hörte das Geräusch eines Automotors, um die Ecke bog der rote Postwagen – MKX 102. Er hielt an und der Fahrer sprang heraus. Er nahm einen Postsack und lief über die Straße zu dem roten Postkasten. Er schloss ihn auf – mit dem Rücken zu seinem Wagen. Alles wie vorausgesehen und geplant. Jetzt rasten zwei Männer aus einem Hauseingang, stürzten zu dem Wagen.

Außer dem Postbeamten war kein Mensch auf der Straße. Sie lag totenstill da. Aber viele Augen sahen die zwei Männer. Die sieben Kinder starrten atemlos, der Polizist neben ihnen ebenfalls. Auch wohl der Bursche hinter dem Gitter, dessen Zeichen man von hier oben natürlich nicht gesehen hatte. Und außer diesen waren da noch die vielen wachsamen Augen der Polizisten, die sich versteckt hatten, unter ihnen auch der Inspektor höchstpersönlich.

Die Männer sprangen auf den Fahrersitz des Wagens. Der Motor heulte auf, der Wagen schoss mit höchster Geschwindigkeit los und verschwand um die Ecke. Der Polizist richtete sich auf. Er schien nicht überrascht. Er war ja eingeweiht und solche Geschichten gewohnt. Die Kinder aber konnten sich überhaupt nicht beruhigen. Sie redeten durcheinander, dass man kein Wort mehr verstehen konnte. Polizisten erschienen jetzt aus den seltsamsten Winkeln und Verstecken und sprachen miteinander. Dann gab es unten auf der Straße plötzlich Lärm: Rufe, Stimmen …

»Wetten, das ist der Horchposten, den haben sie jetzt geschnappt!«, schrie Peter. Und die Kinder stürzten wieder zum Fenster.

Genauso war es. Er war aus dem Kellerraum geradewegs in die Arme der wartenden Polizisten gelaufen. Und sieh an: Wer war es? Mr. Tizer!

Aber die Aufregungen des Abends waren noch lange nicht beendet. Kaum eine halbe Stunde war vergangen, als der Postwagen zurückgefahren kam. Diesmal saß allerdings ein Polizist in Uniform am Steuer und neben ihm saß ebenfalls ein Polizist. Was im Wagen steckte, das konnte man sich denken.

Stumm vor Spannung blickten die Kinder hin. Die

Tür ging auf. Heraus sprangen zwei Polizisten, dann die beiden Verbrecher mit Handschellen und dann wieder zwei Polizisten, die die beiden sofort in die Mitte nahmen.

»Die Brüder haben wir schnell geschnappt«, meinte der Polizist zufrieden. »Die können gar nicht weit gefahren sein. Die Gesichter hätte ich sehen mögen, als sie die Wagentür öffneten – das war die größte Überraschung ihres Lebens! Das steht fest. Und jetzt sind sie hier, um sich ein wenig mit dem Chef zu unterhalten. Mein lieber Freund! Das ist ein Fang!«

Nach diesem Abenteuer nun nach Hause zu müssen, das war fast nicht zu ertragen. Welche Aufregung! Und wie großartig, den letzten Akt miterleben zu dürfen!

Alle sieben gingen zu Peter. Peters Vater und Mutter hatten den Eltern der anderen Bescheid gesagt, dass die *Schwarze Sieben* bei ihnen zum Abendessen eingeladen sei. Mit den Kindern war überhaupt nichts anzufangen. Sie waren vor Aufregung ganz närrisch. Nur einen Augenblick lang hatte ihnen etwas die Stimme verschlagen, denn es wartete schon jemand auf sie: Jeff. Jawohl, Jeff, und das Kätzchen saß auf seinem Arm. Er sah ängstlich aus und doch auch sehr glücklich. Er wusste schon alles; die Polizei hatte angerufen, damit die Eltern wegen der Kinder keine Sorgen hatten.

Jeff erzählte: »Die Polizei kam und durchsuchte das Haus meines Onkels. Da fanden sie mich. Der Onkel hatte mich auf dem Boden eingesperrt. Und nun brauche ich nie mehr zu ihm zurück.«

»Wie herrlich!«, riefen die Kinder. »Aber was wird denn aus dir?«, fragte Peter.

»Sie wollen zunächst einmal herausfinden, was eigentlich mit meiner Mutter ist«, erzählte Jeff, das Kätzchen liebkosend. »Ich sagte euch ja schon, dass ich nicht einmal weiß, in welchem Krankenhaus sie ist. Und meine Tante war verschwunden, als die Polizei kam. Aber ich darf hier bleiben, bis wir Bescheid wissen, das hat eure Mutter gesagt.«

»O Mutti, wie lieb von dir!«, rief Janet und gab ihrer Mutter einen Kuss.

Jeff sah jetzt ganz sauber aus und hatte sogar seine Haare gekämmt. Peters Mutter hatte einen schönen Schreck bekommen, als die Polizisten ihn brachten. Aber dann hatte sie getan, was sie konnte.

Nun saß er hier und aß zusammen mit den sieben zu Abend. Er war restlos glücklich.

Da klingelte das Telefon. Peters Mutter ging an den Apparat. Sie kam zurück. »Welch eine gute Nachricht! Stell dir vor, Jeff, deiner Mutter geht es besser! Sie kommt schon übermorgen aus dem Krankenhaus zurück nach Hause, und du sollst dann dort sein, um sie zu empfangen! Bis dahin bleibst du bei uns!«

Jeff konnte kein Wort herausbringen. Er presste das Kätzchen so fest an sich, dass es erschrocken miaute. Dann drehte er sich zu den sieben um.

»Das alles verdanke ich euch!«, sagte er glücklich. »Euch ganz allein. Wie bin ich froh, dass ich euch getroffen habe! Ihr seid ein wundervoller Geheimbund, der beste auf der ganzen Welt!«

»Ja, heute Abend sind wir ganz zufrieden mit uns.« Peter strahlte und lachte Jeff zu. »Nicht wahr, Lump, alter Junge! Findest du nicht auch, dass wir so weitermachen sollen und noch viele aufregende Abenteuer zusammen erleben müssen?«

»Wau«, machte Lump und klopfte eifrig mit dem Schwanz auf den Boden. »Wau, wau!«

Bravo, *Schwarze Sieben*! Lasst uns bald von euren nächsten Abenteuern hören!

Enid Blyton • Dranbleiben, Schwarze 7

Enid Blyton

Dranbleiben, Schwarze 7

Orbis Verlag

Genehmigte Sonderausgabe 2000
Orbis Verlag für Publizistik, München
in der Verlagsgruppe Bertelsmann GmbH

Umwelthinweis:
Dieses Buch wurde auf chlorfrei gebleichtem
Papier gedruckt.

Gesetzt nach den Regeln der Rechtschreibreform

Die Originalausgabe erschien unter dem Titel
»Secret Seven on the Trail«
bei Hodder & Stoughton Ltd., London

Übersetzung: Adolf Himmel

Inhalt

Kennwort »Saure Gurken«

»Mutti, hast du was zu trinken für uns?«, fragte Janet. »Und auch was zu essen?«

»Aber ihr seid doch gerade erst mit dem Frühstück fertig!«, antwortete ihre Mutter überrascht. »Und ihr habt jeder zwei Würstchen gegessen, ihr könnt unmöglich jetzt schon wieder Hunger haben.«

»Haben wir ja auch nicht«, sagte Janet. »Aber heute Morgen kommt die *Schwarze Sieben* das allerletzte Mal zusammen. Hinten im Schuppen. Wenn die Schule wieder anfängt, lohnt es sich ja nicht, dass wir uns treffen, dann passiert nie irgendetwas Aufregendes.«

»Wir treffen uns erst wieder in den Weihnachtsferien«, sagte Peter. »Einverstanden, Lump?«

Der goldbraune Spaniel wedelte heftig mit dem Schwanz und bellte einmal kurz.

»Er sagt, er möchte auch gern zum letzten Treffen kommen«, meinte Janet. »Natürlich darfst du kommen, Lump.«

Peter grinste. »Das hat er nicht gesagt. Er hat gesagt, wenn es bei diesem Treffen irgendwas zu futtern gibt, dann möchte er auch gern dabei sein.«

»Wuff!«, machte Lump und legte zustimmend eine Pfote auf Peters Knie.

»Ich gebe euch ein paar Zitronen und etwas Zucker, dann könnt ihr euch eure Limo selber machen«, sagte die Mutter. »Das tut ihr doch gern, nicht wahr? Und seht doch einmal nach, ob noch ein paar Korinthenbrötchen in der Büchse im Schrank sind. Ganz frisch werden sie nicht sein, aber das macht euch ja nichts aus.«

»Vielen, vielen Dank, Mutti«, sagte Janet. »Komm, Peter, wir holen die Sachen lieber jetzt sofort. Die anderen müssen bald hier sein.«

Sie liefen in die Speisekammer, Lump hechelnd hinter ihnen her. Korinthenbrötchen! Frisch oder nicht – Lump mochte sie genauso gern wie die Kinder.

Janet nahm ein paar Zitronen und ließ sich von ihrer Mutter den Zucker geben. Peter schüttete die altbackenen Korinthenbrötchen auf einen Teller und zusammen mit Lump gingen sie zum Schuppen hinüber. Janet trug die Zitronenpresse und einen großen Krug mit Wasser.

Sie stießen die Schuppentür auf. Mit schwarzer Farbe war eine »7« draufgemalt.

»Unser Geheimbund besteht jetzt schon ganz schön lange«, sagte Janet, während sie die erste Zitrone auszupressen begann. »Ich bin ihn noch kein bisschen Leid. Du etwa, Peter?«

»Leid? Wo denkst du hin!«, erwiderte Peter. »Bei all den Abenteuern, die wir schon erlebt haben! Aber ich finde es doch besser, wenn wir die Treffen der *Schwarzen Sieben* bis zu den Ferien mal vergessen. In der Zeit vor Weihnachten wird es so früh dunkel und wir müssen im Haus bleiben.«

»Ja, und dann passiert nicht viel«, sagte Janet. »He, Lump, die ausgequetschte Zitronenschale kann doch gar nicht schmecken, du dummes Hundchen! Lass sie fallen!«

Lump ließ sie fallen. Sie schmeckte ihm tatsächlich nicht.

»Die anderen müssten jetzt kommen«, sagte Peter. »Hoffentlich sind sie damit einverstanden, dass dies das letzte Treffen vor den Weihnachtsferien ist. Am besten sammeln wir alle Abzeichen ein und schließen sie weg. Sonst verliert bestimmt jemand seins.«

»Oder Jacks alberne Schwester nimmt es sich und trägt es selber«, meinte Janet. »Wie heißt sie doch wieder? Ach ja, Susi. Bist du nicht froh, dass ich dir nicht so lästig falle, Peter, wie Susi ihrem Bruder?«

»Hm, manchmal gehst du mir auch ganz schön auf den Keks«, erwiderte Peter und sofort spritzte Janet ihm wütend Zitronensaft ins Auge. »Lass das! – Nicht! Zitronensaft beißt doch wie verrückt! Hör auf, Janet!«

Janet hörte auf. »Ich will den Saft ja nicht verschwenden«, sagte sie. »Ah, da kommt jemand.«

Lump bellte, weil jemand den Gartenweg entlangkam und an die Tür klopfte.

»Kennwort!«, rief Peter. Er öffnete nie die Tür, bevor nicht mit dem richtigen Kennwort geantwortet wurde.

»Saure Gurken«, sagte eine Stimme und kicherte.

Das war das neueste Kennwort der *Schwarzen Sieben.* Colin hatte es vorgeschlagen; seine Mutter hatte an dem Tag, an dem sie ihr letztes Treffen abhielten, Gurken eingelegt. Es war ein so komisches Kennwort, dass alle gelacht hatten. Peter hatte gemeint, nun gut, sie würden es benutzen, bis ihnen ein besseres einfiele. »Hast du dein Abzeichen dabei?«, fragte Peter, als er die Tür öffnete.

Draußen stand Barbara. Stolz zeigte sie ihm ihr Abzeichen am Mantelaufschlag. »Es ist ein neues«, sagte sie. »Mein altes war so schmutzig geworden, da habe ich mir dieses gemacht.«

»Sehr schön«, sagte Peter. »Komm rein. He, da kommen gleich drei.«

Er machte die Tür wieder zu, und Barbara setzte sich neben Janet auf eine Kiste und sah ihr zu, wie sie die Limo umrührte. *Poch-poch-poch!*, klopfte es wieder und Lump bellte.

»Kennwort!«, riefen Peter, Janet und Barbara gleichzeitig.

»Saure Gurken!«, kam es brüllend von draußen.

Peter riss die Tür auf und blitzte Jack, Georg und Pam wütend an.

»Wie oft muss ich euch denn noch sagen, ihr sollt das Kennwort nicht brüllen!«, zischelte er. »Nun hat es jeder gehört, der zufällig in der Nähe ist.«

»Na, ihr habt ja auch ›Kennwort‹ so laut geschrien, wie ihr konntet«, meinte Jack. »Außerdem können wir uns doch einfach ein neues ausdenken. Georg dachte sowieso schon, es sei ›Sauerkraut‹, und wir mussten ihm sagen, dass es das nun gerade nicht war.«

»Mensch, ausgerechnet ...«, begann Peter, aber in dem Augenblick klopfte es schon wieder an der Tür und Lump knurrte.

»Kennwort!«, rief Peter.

»Saure Gurken!«, ertönte die Stimme seiner Mutter und sie lachte. »Wenn man das ein Kennwort nennen kann. Ich bringe euch ein paar selbst gebackene Pfefferminzkuchen, weil es doch euer letztes Treffen ist.«

»Oh, danke schön, Mutti«, sagte Janet und öffnete die Tür. Sie nahm die Pfefferminzkuchen und gab sie Peter. Peter blickte finster von einem zum anderen, nachdem seine Mutter gegangen war.

»Seht ihr, da habt ihr's«, sagte er. »Zufällig war es meine Mutter, die das Kennwort gehört hat, aber es hätte irgendjemand sonst sein können. Also. Wer fehlt noch?«

»Ich bin hier und du und Georg, Jack, Barbara und Pam auch«, sagte Janet. »Colin fehlt noch. Stopp – da kommt er.«

Poch-poch! Lump bellte kurz zur Begrüßung. Er kannte alle Mitglieder der *Schwarzen Sieben* sehr gut. Colin sagte das Kennwort und wurde eingelassen. Nun war die *Schwarze Sieben* vollzählig versammelt.

»Okay«, sagte Peter. »Setz dich, Colin. Wir fangen an, sobald Janet die Limo ausgeschenkt hat. Beeil dich bitte, Janet!«

Kein Treffen mehr bis Weihnachten

Janet goss die Limo in die Becher und Peter reichte die Korinthenbrötchen herum.

»Nicht gerade ganz frisch«, sagte er, »aber schön korinthig. Zwei für jeden und eins für den alten Lump. Tut mir Leid, Lump, aber schließlich bist du kein richtiges Mitglied der *Schwarzen Sieben*, sonst würdest du auch zwei abkriegen.«

»Könnte er gar nicht«, sagte Jack. »Es sind nur fünfzehn Brötchen im Ganzen. Übrigens zähle *ich* ihn aber immer als richtiges Mitglied mit.«

»Das geht nicht. Wir sind die *Schwarze Sieben* und mit Lump wären wir acht. Aber er darf immer mitkommen«, sagte Peter. »Jetzt mal zuhören. Dies ist unser letztes Treffen und ...«

Sofort wurde er von überraschten Zwischenrufen unterbrochen.

»Das *letzte* Treffen? Nanu, was ist denn los?«

»Das letzte? Du willst doch nicht etwa mit der *Schwarzen Sieben* Schluss machen?«

»Aber hör doch mal, Peter, du kannst doch wohl nicht hingehen und ...«

»Lasst mich doch bitte ausreden«, erwiderte Peter. »Heute ist unser letztes Treffen bis zu den nächsten Ferien. Morgen gehen wir Jungen alle wieder zur Schule und übermorgen die Mädchen. Wenn Schule ist, passiert nie was – und außerdem haben wir dann viel zu viel zu tun, um auf Abenteuerjagd zu gehen, also ...«

»Aber es *könnte* doch etwas passieren«, meinte Colin. »Man weiß das nie. Dusseliger Vorschlag, während der Schulzeit mit der *Schwarzen Sieben* aufzuhören, wirklich!«

»Das meine ich auch«, sagte Pam. »Ich gehöre so gern dazu und ich möchte mein Abzeichen immer tragen und an das Kennwort denken.«

»Hm, euer Abzeichen könnt ihr ja tragen, wenn ihr wollt«, erwiderte Peter. »Allerdings hatte ich wirklich daran gedacht, sie heute alle einzusammeln und bis zu unserem nächsten Treffen in den kommenden Ferien aufzubewahren.«

»Ich gebe meins nicht her«, sagte Jack entschlossen. »Und

du brauchst keine Angst zu haben, dass es meiner Schwester Susi in die Hände fällt. Ich habe ein sehr gutes Versteck dafür.«

»Und angenommen – nur einmal *angenommen*, irgendetwas tut sich in der Zeit bis zu den Ferien«, sagte Colin mit ernstem Gesicht. »Angenommen, einer von uns stößt auf irgendetwas Merkwürdiges; irgendetwas, das wir uns einmal genauer ansehen müssten – was sollen wir denn machen, wenn die *Schwarze Sieben* bis zu den Ferien aufgelöst ist?«

»Wenn Schule ist, passiert nie was«, wiederholte Peter, der gern seinen Kopf durchsetzte. »Und außerdem muss ich mich jetzt vor Weihnachten mächtig auf den Hosenboden setzen. Mein Vater war alles andere als begeistert von meinem letzten Zeugnis.«

»Na, schön. Du setzt dich auf den Hosenboden und machst bis Weihnachten bei der *Schwarzen Sieben* nicht mit«, schlug Jack vor. »Dann führe ich sie an, zusammen mit Janet. Wir können sie ja bis dahin die *Schwarze Sechs* nennen. Die Sieben wird überpinselt.«

Das gefiel Peter nun gar nicht. Er runzelte die Stirn. »Nein«, sagte er. »Ich bin der Anführer. Aber weil ich sehe, dass ihr alle anderer Meinung seid, mache ich folgenden Vorschlag: Wir halten keine regelmäßigen Treffen ab wie bisher, sondern kommen nur dann zusammen, wenn tatsächlich etwas vorfällt. Und ihr werdet sehen, dass ich Recht habe – nichts wird passieren!«

»Wir behalten also unser Abzeichen und suchen uns ein neues Kennwort?«, fragte Colin. »Wir sind weiter ein richtiger Geheimbund, auch wenn nichts passiert? Und wir halten sofort ein Treffen ab, wenn doch etwas passiert?«

»Ja«, sagten alle und sahen Peter an. Sie hingen so an ihrer *Schwarzen Sieben*!

»Gut«, sagte Peter. »Was nehmen wir als neues Kennwort?«

Alle dachten angestrengt nach. Jack blickte zu Lump hinüber, der ebenfalls zu überlegen schien. »Wie wär's mit ›Lump‹?«, fragte er.

»Das wäre nicht gut«, sagte Janet. »Jedes Mal, wenn einer das Kennwort sagt, würde Lump glauben, man rufe ihn!«

»Dann nehmen wir den Namen von meinem Hund – Strolch«, schlug Pam vor.

»Nein, wir nehmen den Namen vom Hund meiner Tante«, rief Jack. »Charlie Frechdachs. Das ist ein gutes Kennwort.«

»Ja! Charlie Frechdachs! Das nehmen wir«, sagte Peter. »Bestimmt kommt nie jemand darauf, dass das ein Kennwort sein könnte. Jawohl, Parole: Charlie Frechdachs!«

Die Korinthenbrötchen machten zum zweiten Mal die Runde. Lump warf einen sehnsüchtigen Blick auf den Teller. Er hatte seines schon gefressen. Pam erbarmte sich und gab ihm die Hälfte von ihrem Brötchen ab und Barbara folgte ihrem Beispiel.

Darauf richtete Lump seine Trauerblicke auf Jack; der brach sofort ein großes Stück von seinem Brötchen für ihn ab.

»Na!«, sagte Peter, »Lump hat mehr abbekommen als irgendeiner von den richtigen Mitgliedern der *Schwarzen*

Sieben! Demnächst glaubt er noch, er könnte uns anführen!«

»Wuff«, machte Lump. Er klopfte mit dem Schwanz auf den Boden und beäugte Peters Brötchen.

Die Limo war alle und Lump hatte den allerletzten Brötchenkrümel aufgeleckt. Die Sonne kam heraus und schien zum Fenster des Schuppens herein.

»Kommt, los, wir gehen nach draußen, spielen«, sagte Peter und stand auf. »Morgen geht's wieder in die Schule! Diese Ferien, die waren richtig klasse. Also, *Schwarze Sieben*, jeder kennt die Parole, ja? Wahrscheinlich braucht ihr sie bis zu den Weihnachtsferien nicht, passt also auf, dass ihr sie nicht vergesst. Unser nächstes Treffen kann am ersten Ferientag sein.«

»Ich wette, wir kommen schon vorher zusammen«, sagte Georg.

»Na, wir werden ja sehen, wer Recht hat«, erwiderte Peter. »Kommt, wir gehen und sammeln Kiefernzapfen und machen ein Feuer!«

Die »Fabelhaften Fünf«

Für die Jungen begann die Schule am nächsten Tag, für die Mädchen am Tag darauf. Alle Mitglieder der *Schwarzen Sieben* trugen ihr mit einer »7« besticktes Abzeichen am Mantel. Es machte Spaß zu sehen, wie die anderen Kinder neidisch hinblickten und sich wünschten, sie könnten auch solch ein Abzeichen tragen.

»Nein, das geht nicht«, sagte Janet, wenn die anderen Mädchen sie fragten, ob sie auch beitreten könnten. »Es ist ein Geheimbund.«

»Ach, warum könnt ihr den Bund nicht ein bisschen größer machen und uns auch aufnehmen?«, fragten die anderen.

»Zu unserem Bund dürfen nur sieben gehören«, sagte Janet. »Und die sieben haben wir. Geht doch hin und gründet selber einen Geheimbund.«

Das hätte sie nicht sagen sollen! Kate und Susi, Jacks lästige Schwester, griffen die Idee sofort auf und gründeten ihren eigenen Bund! Das war sehr ärgerlich!

Sie nahmen noch Harry, Jeff und Sam auf, sodass sie zusammen fünf waren. Und zum maßlosen Ärger der *Schwarzen Sieben* erschienen diese fünf dann mit ihrem eigenen Abzeichen in der Schule!

Auf den Knopf, den sie am Mantelaufschlag trugen, waren zwei Buchstaben gestickt: FF. Alles umringte sie und fragte, was FF bedeuten sollte.

»Es heißt ›Fabelhafte Fünf‹«, antwortete Susi. »Eine viel bessere Idee als *Schwarze Sieben*.«

Susi quälte den armen Jack sehr. »Ihr habt nicht einen halb so guten Verein wie wir«, sagte sie. »Unsere Abzeichen sind größer, wir haben ein herrliches Kennwort – o nein, es würde mir nicht im Traum einfallen, es dir zu verraten –, und wir haben außerdem ein Geheimzeichen. Das habt ihr nicht, was?«

»Wie ist euer Geheimzeichen?«, fragte Jack ärgerlich. »Ich habe noch nie gesehen, wie du es gemacht hast.«

»Natürlich nicht. Ich sage dir ja, es ist ein *Geheim*zeichen!«, sagte Susi schnippisch. »Und wir treffen uns jeden Samstagmorgen. *Und* wir sind schon mittendrin in einem Abenteuer!«

»Glaube ich nicht«, sagte Jack. »Und auf jeden Fall seid ihr nichts weiter als Papageien. Es war *unsere* Idee, ihr habt es uns nachgemacht. Ihr seid gemein!«

»Ihr wolltet mich ja nicht in eure dumme *Schwarze Sieben* aufnehmen«, sagte Susi herausfordernd. »Jetzt gehöre ich zur ›Fabelhaften Fünf‹ und, wie gesagt, wir sind schon mittendrin in einem Abenteuer!«

Jack wusste nicht recht, ob er ihr glauben sollte. Susi war doch wirklich die lästigste Schwester von der Welt! Er wünschte sich eine Schwester, die wie Janet war. Verdrießlich ging er zu Peter und erzählte ihm alles, was Susi gesagt hatte.

»Kümmere dich einfach nicht um sie«, riet Peter ihm. »Fabelhafte Fünf! Ha! Die werden's schon bald Leid werden!«

Der Bund der »Fabelhaften Fünf« wurde der *Schwarzen Sieben* in den kommenden Schultagen sehr lästig. Jeden, aber auch jeden Tag trugen die Mitglieder ihre großen Abzeichen. Kate und Susi steckten jeden Morgen in der Pause in einer Ecke die Köpfe zusammen und flüsterten aufgeregt, als tue sich tatsächlich irgendetwas.

Harry, Jeff und Sam benahmen sich in ihrer Schule genauso und das ärgerte Peter, Colin, Jack und Georg sehr. Sie trafen sich außerdem in dem Sommerhäuschen in Jacks Garten, und Susi befahl Jack doch tatsächlich, sich nicht im

Garten sehen zu lassen, wenn die »Fabelhaften Fünf« ihr Treffen in dem Sommerhaus hatten!

»Als ob ich mich aus meinem eigenen Garten verscheuchen lasse!«, sagte Jack entrüstet zu Peter. »Aber du, Peter, ich glaube, die haben da tatsächlich irgendetwas am Wickel. Irgendwas tut sich. Wäre das nicht scheußlich, wenn sie ein Abenteuer erlebten und wir nicht? Susi könnte das Lachen nicht lassen.«

Peter dachte darüber nach. »Du musst herausfinden, was sie vorhaben«, sagte er schließlich. »Sie haben uns die Idee gestohlen und das nur, weil sie uns ärgern wollen. Versuche herauszufinden, was sich tut, Jack. Dann werden wir sie schleunigst bremsen.«

Also versteckte Jack sich in einem Gebüsch hinter dem Sommerhäuschen, als er an einem Samstagmorgen hörte, dass Susi wieder einmal ein Treffen angesetzt hatte. Aber zu seinem Unglück guckte Susi gerade in dem Augenblick zum Schlafzimmerfenster hinaus und sah, wie er sich in den Lorbeerbusch zwängte!

Voller Wut blickte sie hinunter – und dann lächelte sie plötzlich. Eilig lief sie nach unten, um die anderen vier am Gartentor abzufangen, anstatt zu warten, bis sie zum Sommerhäuschen kamen.

Sie trafen alle zusammen ein und Susi begann aufgeregt mit ihnen zu flüstern.

»Jack will herausfinden, was wir machen. Er hat sich in dem Lorbeerbusch hinterm Gartenhäuschen versteckt, um alles mitzuhören, was wir sagen.«

»Ich gehe hin und hol ihn raus!«, sagte Harry sofort.

»Nein, nicht«, sagte Susi. »Ich habe einen besseren Vorschlag. Wir gehen jetzt zum Sommerhäuschen, flüstern das Kennwort, sodass er es nicht hören kann, und dann fangen wir an uns zu unterhalten, als ob wir tatsächlich ein Abenteuer gefunden hätten!«

»Aber warum denn?«, fragte Kate.

»Bist du dumm! Begreifst du denn nicht: Jack wird alles glauben. Und wenn wir bestimmte Gegenden erwähnen oder Straßen oder Häuser – meinetwegen Tiggers Scheune, dieses alte Haus oben auf dem Berg –, wird er es brühwarm der *Schwarzen Sieben* erzählen und …«

»… und sie werden alle hinziehen und nachsehen und feststellen, dass überhaupt nichts los ist!«, sagte Kate kichernd. »Das wird lustig!«

»Ja. Und Namen können wir auch erwähnen. Wir werden von Humpel-Tom und Drehwurm-Dick reden, damit Jack glaubt, wir sind tatsächlich irgendeiner Sache auf der Spur«, sagte Susi.

»Und wir könnten selbst auch zu Tiggers Scheune hinaufgehen und warten, bis die *Schwarze Sieben* kommt, und sie gründlich auslachen«, meinte Jeff grinsend. »Los, komm, Susi, wir müssen jetzt schleunigst zum Sommerhaus. Bestimmt überlegt Jack sich schon, warum wir so spät kommen.«

»Das mir ja keiner kichert!«, schärfte Susi ihnen ein. »Und stimmt mir einfach nur bei allem zu, was ich sage. Und so ernst sein, wie ihr könnt. Ich gehe jetzt und ihr kommt einzeln nach. Und denkt daran: das Kennwort *flüstern*, denn das darf er nicht hören.«

Sie lief durch den Garten zum Sommerhäuschen. Aus den Augenwinkeln heraus sah sie den Lorbeerbusch, in dem Jack sich sehr unbequem versteckt hielt, der Arme. Susi lächelte vor sich hin. Ah! Sie würde sich an Jack dafür rächen, dass er sie aus *seinem* Geheimbund ausgesperrt hatte!

Nacheinander kamen die anderen zu dem Sommerhäuschen. Sie flüsterten das Kennwort, sehr zu Jacks Verdruss. Er hätte es für sein Leben gern an die *Schwarze Sieben* weitergegeben. Aber er verstand nicht das Geringste.

Allerdings hörte er eine Menge, als das Treffen dann richtig begann. Es blieb ihm nichts anderes übrig, denn die »Fabelhaften Fünf« redeten so laut. Jack ahnte nicht, dass es absichtlich geschah, damit er auch ja jedes Wort mitbekam.

Er war sprachlos vor Staunen über das, was er da hörte. Donnerwetter! Die »Fabelhaften Fünf« schienen ja tatsächlich mitten in einem überaus aufregenden Abenteuer zu stecken!

Susi spinnt ihr Garn

Susi führte die Unterhaltung an. Sie konnte gut reden, und sie war entschlossen, Jack so sehr zu verwirren, wie es eben ging.

»Ich habe herausgefunden, wo diese Schurken ihre Zusammenkünfte abhalten«, sagte sie. »Dies ist eine wichtige Neuigkeit, hört also bitte gut zu. Ich bin ihnen endlich auf die Spur gekommen.«

Jack traute seinen Ohren nicht. Angestrengt horchte er.

»Erzähl doch, Susi«, sagte Harry mit gut gespielter Aufregung.

»In Tiggers Scheune kommen sie zusammen«, sagte Susi mit sichtlichem Vergnügen. »Das ist dieses alte verlassene Haus oben auf dem Berg. Ein zusammengefallener Bau, genau der richtige Treffpunkt für Gauner und Halunken. Ganz einsam.«

»Ach ja. Ich kenne das Haus«, sagte Jeff.

»Also, Humpel-Tom und Drehwurm-Dick werden beide da sein«, sagte Susi.

Ihre Zuhörer antworteten mit vielen »Ahs« und »Ohs« und beinahe hätte Jack auch »Oh!« gesagt. Drehwurm-Dick und Humpel-Tom – du meine Güte! Was hatten die »Fabelhaften Fünf« denn da am Wickel?

»Sie haben etwas vor, und was das ist, das müssen wir herausfinden«, sagte Susi und erhob die Stimme noch ein wenig mehr, um auch ganz sicher zu sein, dass Jack sie hören konnte. »Ja, wir müssen unbedingt etwas unternehmen. Einer oder zwei von uns müssen zur rechten Zeit zu Tiggers Scheune hinaufgehen und sich verstecken.«

»Ich gehe mit dir«, sagte Jeff sofort.

Jack war überrascht, als er das hörte. Jeff war ein sehr ängstlicher Junge, von dem man ganz und gar nicht erwartete, dass er hingehen und sich in einem verlassenen Haus wie Tiggers Scheune verstecken würde. Jack hörte angespannt hin.

»Gut. Wir beide werden zusammen hingehen«, sagte Susi. »Es wird gefährlich sein, aber was kümmert das uns? Wir sind schließlich die ›Fabelhaften Fünf‹!«

»Hurra!«, riefen Kate und Sam.

»Wann gehen wir?«, fragte Jeff.

»Hm«, sagte Susi, »ich glaube, sie werden sich dort Dienstagabend treffen. Kannst du dann mitkommen, Jeff?«

»Aber sicher«, erwiderte Jeff, dem es nicht im Traum eingefallen wäre, im Dunkeln zu Tiggers Scheune hinaufzugehen, wäre Susis Geschichte wahr gewesen.

Jack draußen in seinem Busch wurde immer erstaunter. Er verspürte geradezu Hochachtung vor den »Fabelhaften Fünf«. Donnerwetter! Die waren ja so gut wie die *Schwarze Sieben*! Solch ein Abenteuer aufzuspüren – wer hätte das gedacht! Wie gut, dass es ihm gelungen war, sich zu verstecken und alles mit anzuhören!

Er konnte es gar nicht abwarten, zu Peter hinüberzulaufen und ihm alles zu erzählen, was er erfahren hatte. Er fragte sich vergeblich, wie seiner Schwester diese Geschichte nur zu Ohren gekommen sein konnte. Diese Susi! Das sah ihr ähnlich: einen Geheimbund gründen und dann auch noch ein Abenteuer für ihn finden!

»Wenn aber nun Humpel-Tom euch entdeckt?«, fragte Kate.

»Ich werde ihn zu Boden werfen«, sagte Jeff mit sehr heldenhafter Stimme.

Das ging ein bisschen zu weit. Nicht einmal die »Fabelhaften Fünf« konnten sich vorstellen, dass Jeff irgendjemandem entgegentrat.

Kate mußte plötzlich kichern.

Ihr Kichern steckte Sam an und er ließ einen seiner außergewöhnlichen Schnaufer los. Susi zog die Augenbrauen zusammen. Wenn die ganze Versammlung so zu kichern und zu prusten anfing, würde Jack bestimmt merken, dass alles nicht ernst gemeint war, und das durfte nicht sein.

Sie sah die anderen mit heftig gerunzelter Stirn an.

»Still doch!«, flüsterte sie. »Wenn wir alle loskichern, glaubt Jack kein Wort!«

»Ich k-k-kann nichts dafür«, sagte Kate, die nie zu kichern aufhören konnte, wenn sie einmal angefangen hatte. »Oh, Sam – bitte! Schnauf nicht noch einmal so!«

»Pst!«, sagte Susi zornig. »Verderbt doch nicht alles!« Dann sprach sie wieder lauter, damit Jack sie hörte. »So, ›Fabelhafte Fünf‹, das ist alles für heute. Wir treffen uns wieder, wenn ihr eure Befehle bekommt. Und denkt daran: kein Wort über Tiggers Scheune, zu niemandem. Dies ist *unser* Abenteuer!«

»Die von der *Schwarzen Sieben* würden vielleicht was darum geben, wenn sie was davon erfahren könnten!«, sagte Jeff laut. »Nichts wissen sie, keine Ahnung haben sie, haha-ha!«

Er lachte und das war das Zeichen für die anderen: Sie konnten endlich herausplatzen. Kate kicherte wieder, Sam schnaufte, Susi brüllte vor Lachen und Harry ebenfalls. Alle dachten an Jack, der da draußen in dem Lorbeerbusch hockte und jedes Wort ihrer lächerlichen Geschichte begierig aufgenommen hatte, und als sie daran dachten, mussten sie noch lauter lachen. Jack lauschte mit mürrischem Gesicht. Wie konnten die es wagen, so über die *Schwarze Sieben* zu lachen!

»Kommt«, sagte Susi schließlich, »das Treffen ist beendet. Wir holen uns einen Ball und spielen. Wo Jack wohl ist? Er möchte vielleicht mitspielen.«

Da sie alle genau wussten, wo Jack war, mussten sie noch einmal lachen, und in sehr lustiger Stimmung liefen sie den Gartenweg hinunter. Das war ein Streich, den sie der *Schwarzen Sieben* da spielten! Würde Jack jetzt sofort lossausen und ein Treffen ansetzen? Würde die *Schwarze Sieben* Dienstagabend im Dunkeln zu Tiggers Scheune hinaufgehen?

»Susi, du willst doch nicht wirklich Dienstagabend zu Tiggers Scheune hinauf, oder doch?«, fragte Jeff, als sie nebeneinander durch den Garten gingen.

»Hm, ich hatte es zuerst vor«, antwortete Susi. »Aber es wäre eigentlich albern. Es ist weit bis dahin und jetzt ist es abends schon bald dunkel – und außerdem geht die *Schwarze Sieben* vielleicht gar nicht hin, und es wäre doch zu lächerlich, wenn von uns welche umsonst hingingen und sich versteckten.«

»Ja, das finde ich auch«, stimmte Jeff ihr sehr erleichtert zu. »Aber du wirst ja sehen, ob Jack hingeht, nicht wahr, Susi? Wenn er sich Dienstagabend davonmacht, dann werden wir uns aber eins lachen!«

»Und wie wir lachen werden!«, rief Susi. »Oh, hoffentlich, hoffentlich geht er! Ich werde ihm dann hinterher erzählen, dass alles von uns eingefädelt war. Wird der wütend sein!«

Jack überbringt die Neuigkeit

Sobald Jack sicher war, dass die anderen sich ein gutes Stück entfernt hatten, kroch er vorsichtig aus dem Lorbeerbusch. Er klopfte den Staub von seinem Mantel und blickte sich um.

Niemand war in Sicht.

Er überlegte, was es nun zu tun galt. War, was er gehört hatte, wichtig genug, um ein Treffen der *Schwarzen Sieben* anzusetzen? Nein, er würde zu Peter gehen und es zunächst einmal ihm erzählen. Peter würde dann entscheiden, ob sie ein Treffen abhalten sollten oder nicht. Auf dem Weg zu Peters Haus traf Jack Georg. »Hallo«, sagte Georg, »du siehst aber ernst aus! Was ist los? Krach zu Hause?«

»Nein«, antwortete Jack. »Aber ich habe gerade herausgefunden, dass die ›Fabelhaften Fünf‹ ein Abenteuer in Aussicht haben. Ich hörte, wie Susi es den anderen erzählte – hinten in unserem Sommerhäuschen. Ich habe draußen im Lorbeerbusch gesessen.«

»Wichtige Sache?«, fragte Georg. »Ich meine, deine Schwester Susi ist ein ziemlich lästiges Mädchen, nicht wahr? Du solltest dich nicht allzu sehr um sie kümmern. Sie ist schon eingebildet genug.«

»Ich weiß«, antwortete Jack. »Aber du, sie ist schlau. Und schließlich – haben *wir* nicht eine hübsche Zahl von Abenteuern bestanden? Es ist doch eigentlich nicht einzusehen, warum die ›Fabelhaften Fünf‹ es nicht auch fertig bringen sollten, wenn sie Augen und Ohren offen halten. Hör zu, ich will dir erzählen, was ich gehört habe.«

Er berichtete Georg alles und der war wirklich sehr beeindruckt.

»Tiggers Scheune«, sagte er. »Ja, das wäre tatsächlich ein guter Treffpunkt für Schurken, die zusammenkommen wollen, ohne dass jemand sie sieht. Aber wie hat Susi denn wohl nur die Namen von den Männern erfahren? Du, Jack, das wäre vollkommen zum Wahnsinnigwerden, wenn die ›Fabelhaften Fünf‹ *vor* uns auf eine große Sache stoßen würden!«

»Das meine ich auch«, sagte Jack. »Besonders, weil Susi die Anführerin ist. Sie versucht sowieso schon immer, mich herumzukommandieren, und es wäre bestimmt nicht mehr auszuhalten mit ihr, wenn ihr komischer Klub eine Bande aufspüren würde oder einen Anschlag. Komm, wir gehen zu Peter, ja? Ich war zu ihm unterwegs, als ich dich traf.«

»Dann gehe ich mit«, antwortete Georg. »Bestimmt wird Peter es für wichtig halten. Komm!«

Also gingen die beiden Jungen mit ernsten Gesichtern den Fußpfad durch den Vorgarten zu Peters Haus entlang und dann um das Haus herum, um ihn zu suchen. Er hackte gerade Brennholz, das war eine seiner Samstagmorgen-Arbeiten. Er freute sich sehr über Jacks und Georgs Besuch.

»Ah, guten Morgen«, sagte er und legte das Beil hin. »Jetzt kann ich ein bisschen Pause machen. Holzhacken ist ganz schön, ungefähr fünf Minuten lang, danach wird es schrecklich langweilig. Meine Mutter möchte nicht, dass ich's tue; sie hat Angst, ich würde mir die Finger abhacken, aber Vati ist hartherzig und stellt mich jeden Samstag an.«

»Peter«, sagte Jack, »ich muss dir etwas erzählen.«

»Ja?«, fragte Peter interessiert. »Schieß los!«

Und Jack erzählte ihm, wie er sich in dem Lorbeerbusch versteckt und ein Treffen der »Fabelhaften Fünf« belauscht hatte. »Natürlich haben sie auch ein Kennwort«, sagte er, »aber das konnte ich leider nicht hören. Nachdem sie das Kennwort gesagt hatten, vergaßen sie jedoch das Flüstern, und ich habe jedes Wort verstanden.«

Er erzählte Peter, was er gehört hatte, aber Peter nahm es ganz und gar nicht ernst. Es war höchst ärgerlich, wie er sich benahm.

Er hörte bis zum Schluss zu und dann warf er den Kopf zurück und lachte. »O Jack! Du bist doch wohl nicht auf all den Unsinn reingefallen? Susi muss so getan haben als ob. Bestimmt ist es genau das, was sie bei ihren albernen Treffen treiben: Sie tun so, als steckten sie mitten in einem Abenteuer, und machen sich selber vor, wie mutig und wie schlau sie sind!«

»Aber es hörte sich alles ganz ernst an«, wandte Jack ein, der sich nun zu ärgern begann. »Ich meine, sie wussten ja nicht, dass ich zuhörte; sie schienen alle ganz ernst zu sein. Und Jeff sagte, jawohl, er werde Dienstagabend hingehen und sich die Sache ansehen.«

»Was – Jeff? Dieser Angsthase geht nicht mal los, um nach einer Maus zu gucken, und bestimmt nicht nach Humpel-Tom und dem anderen Kerl – wie hieß der doch gleich?«, sagte Peter und lachte wieder. »Der würde eher ein paar Meilen weit weglaufen, bevor er nachts zu Tiggers Scheune raufgeht. Deine Schwester, die hat ein bisschen phantasiert, sonst nichts, Jack; alberner Kinderkram wie Indianerspielen oder so etwas Ähnliches – so tun, als ob, du weißt ja.«

»Du glaubst also nicht, dass es sich lohnt, ein Treffen der *Schwarzen Sieben* abzuhalten und zu beschließen, dass ein paar von uns Dienstagabend zu Tiggers Scheune hinaufgehen?«, fragte Jack einigermaßen beleidigt.

»Nein, das glaube ich nicht«, antwortete Peter. »Ich bin doch nicht blöde und glaube an Susis Märchen!«

»Aber angenommen, die ›Fabelhaften Fünf‹ gingen hin und deckten etwas auf, das *wir* eigentlich aufdecken sollten?«, fragte Georg.

»Hm, wenn Jack sieht, dass Susi und Jeff sich Dienstagabend irgendwohin davonmachen, kann er ihnen ja nachschleichen«, meinte Peter immer noch grinsend. »Aber sie gehen bestimmt nicht. Du wirst schon sehen, dass ich wieder einmal Recht habe, Jack. Alles nichts als Spinnerei.«

»Na schön«, sagte Jack und stand auf. »Wenn das deine Meinung ist, dann hat es keinen Zweck, noch weiter darüber zu reden. Aber du wirst dich ärgern, wenn du feststellst, dass du ein Treffen hättest abhalten sollen, und es nicht getan hast, Peter. Susi mag ja lästig sein, eine richtige Landplage, aber sie ist verflixt schlau – viel *zu* schlau –, und ich würde mich überhaupt nicht wundern, wenn die ›Fabelhaften Fünf‹ da ein Abenteuer erleben, das eigentlich *uns* zusteht.«

Peter nahm das Beil und hackte weiter Brennholz; dabei lächelte er immer noch sehr überlegen. Jack zog mit hoch erhobenem Kopf und sehr ärgerlich ab.

Georg ging mit ihm. Eine ganze Weile lang sprachen sie nicht und dann sah Georg Jack zweifelnd an.

»Peter ist aber sehr sicher, was?«, sagte er. »Meinst du, er hat Recht? Schließlich ist er der Anführer der *Schwarzen Sieben*. Wir sollten tun, was er sagt.«

»Pass auf, Georg, ich warte ab und sehe mir an, was Susi Dienstagabend macht«, sagte Jack. »Bleibt sie zu Hause, dann weiß ich, dass Peter Recht hat – dann hat Susi es sich alles nur zurechtphantasiert, das Biest. Aber wenn sie allein weggeht oder wenn Jeff kommt und sie abholt, dann weiß ich, dass sich etwas tut, und ich gehe ihnen nach.«

»Das ist eine gute Idee«, sagte Georg. »Ich komme mit, wenn du möchtest.«

»Ich weiß allerdings nicht, wann sie gehen, falls sie tatsächlich gehen«, meinte Jack. »Am besten ist, du kommst Dienstag zu mir zum Tee, Georg. Dann können wir sofort hinter Susi und Jeff herschleichen, wenn sie sich auf den Weg machen. Und wenn sie nicht gehen, wissen wir, dass es reiner Unsinn war, und ich werde mich am nächsten Morgen bei Peter für meine Blödheit entschuldigen.«

»Abgemacht«, sagte Georg. Der Vorschlag gefiel ihm. »Ich komme also Dienstag zum Tee und wir lassen Susi nicht aus den Augen. Mensch, ich kann dir sagen, bin ich froh, dass ich nicht so eine Schwester habe! Da weiß man ja nie, was die wieder ausgeheckt hat.«

Als Jack nach Hause kam, ging er sofort zu seiner Mutter. »Mutti«, sagte er, »darf ich bitte Georg Dienstag zum Tee mitbringen?«

Susi saß in einer Ecke des Wohnzimmers und las. Sofort

spitzte sie die Ohren und lächelte voller Entzücken. Sie erriet sofort, dass Jack und Georg vorhatten, ihnen nachzuschleichen – falls sie gingen. Schön, dann würde sie den Spaß noch ein Stück weitertreiben.

»Ach, da fällt mir ein, Mutti«, sagte sie, »darf ich bitte Jeff Dienstag zum Tee mitbringen? Es ist sehr wichtig! Ich darf? Oh, vielen, vielen Dank.«

Susis kleine List

Jack war hocherfreut, dass Susi darum bat, Jeff am Dienstag zum Tee mitbringen zu dürfen. »Damit ist es bewiesen«, dachte er. »Zusammen werden sie sich zu Tiggers Scheune davonstehlen. Peter hat sich geirrt! Augenblick mal – Dienstagabend geht Mutti zu ihrer Versammlung, Susi und Jeff können also losziehen, ohne dass jemand sie daran hindert. Und ich ebenfalls. Jawohl! Georg und ich, wir werden uns ihnen an die Fersen heften.«

Jack erzählte es Georg, und Georg war auch der Meinung, dass es sehr danach aussah, als ob doch etwas hinter all dem stecke, was bei dem Treffen der »Fabelhaften Fünf« beredet worden war.

»Wir passen scharf auf Susi und Jeff auf und schleichen ihnen sofort nach«, sagte Georg. »Werden die sich ärgern, wenn sie merken, dass wir mit ihnen zusammen oben in Tiggers Scheune sind! Wir nehmen besser eine Taschenlampe mit, Jack. Es wird dunkel sein.«

»Nicht sehr dunkel«, antwortete Jack. »Wir haben Vollmond an dem Abend. Aber es kann ja bewölkt sein oder gar regnen. Nehmen wir also doch lieber eine Taschenlampe mit!«

Susi erzählte Jeff unter vielem Kichern, dass Jack Georg für Dienstag zum Tee eingeladen habe. »Also habe ich Mutti gebeten, dass du auch kommen darfst«, sagte sie. »Und nach dem Tee, Jeff, schleichen wir beide heimlich hinaus. Dann denken Jack und Georg, wir sind zu Tiggers Scheune unterwegs, aber in Wirklichkeit verstecken wir uns nur irgendwo – und wir gehen zurück und spielen, sobald wir sicher sind, dass Jack und Georg losgezogen sind, um uns nachzuspüren! Stell dir nur vor: Den langen Weg bis da oben hin werden sie machen und nichts werden sie finden, überhaupt nichts; nur ein grässliches, zusammengefallenes altes Haus mit Rattennestern!«

»Das geschieht ihnen recht!«, sagte Jeff. »Ich kann nur sagen, ich bin mächtig froh, dass *ich* nicht im Dunkeln zu dem verlassenen Schuppen hinaufmuss!«

Der Dienstagnachmittag kam heran und mit ihm Jeff und Georg: Nach der Schule gingen sie zum Tee zu Jack und Susi. Die beiden Jungen gingen zusammen mit Jack, der so tat, als wundere er sich, dass Jeff zum Tee zu Susi ging.

»Willst du mit ihren Puppen spielen?«, fragte er. »Oder macht ihr vielleicht großen Hausputz in der Puppenstube?«

Jeff lief rot an. »Sei nicht so blöd«, sagte er. »Ich habe meine neue Eisenbahn mit. Damit wollen wir spielen.«

»Aber man braucht ja eine Ewigkeit, um sie aufzubauen«, sagte Jack überrascht.

»Na und?«, fragte Jeff und sah ihn grollend an. Dann fiel

ihm ein, dass Jack und Georg ja glaubten, er und Susi würden zu Tiggers Scheune hinaufgehen. Dann hätten sie natürlich keine Zeit für solch ein langwieriges Spiel wie seine Eisenbahn. Er grinste vor sich hin. Sollte Jack sich doch den Kopf zerbrechen!

Das würde ihm nur gut tun!

Alle sprachen wacker dem Tee und den Broten zu und dann gingen sie nach oben ins Spielzimmer. Jeff machte sich daran, seine Eisenbahn auszupacken und aufzubauen. Jack und Georg hätten ihm gern dabei geholfen, aber sie hatten Angst, Susi werde sie darauf hinweisen, dass Jeff *ihr* Besuch war. Susi konnte eine sehr scharfe Zunge haben.

Also begnügten sie sich damit, ein sehr kniffliges Modellflugzeug zu basteln. Und die ganze Zeit ließen sie Susi und Jeff nicht aus den Augen.

Schon bald steckte Jacks Mutter den Kopf zur Tür herein. »So, meine Lieben, ich gehe jetzt zu meiner Versammlung«, sagte sie. »Ihr müsst beide um acht Uhr nach Hause gehen, Jeff und Georg. Jack, falls ich nicht rechtzeitig zum Abendessen zu Hause bin, lasst es euch von Mary geben und dann nehmt ihr ein Bad.«

»Gut, Mutti«, erwiderte Jack. »Komm bitte herein und sage uns Gute Nacht, wenn du nach Hause kommst, ja?«

Sobald ihre Mutter gegangen war, gab Susi sich ganz und gar geheimnisvoll. Sie zwinkerte Jeff mit einem Auge zu und Jeff zwinkerte zurück. Natürlich sah Jack das Augenzwinkern auch.

Sie wollten ja, dass er es sah!

Sofort war er hellwach und ganz aufmerksam. Aha, die

beiden würden nun wahrscheinlich in die Nacht hinaus verschwinden!

»Jeff, komm, du musst dir die neue Uhr ansehen, die wir jetzt unten haben«, sagte Susi. »Ein kleiner Mann sitzt darin, der kommt oben heraus und schlägt mit einem Hammer auf einem Amboss die Viertelstunden und halben und vollen Stunden. Es ist jetzt fast ein Viertel nach sieben. Komm, wir gehen und gucken zu, wenn er herauskommt.«

»Ja«, sagte Jeff und die beiden gingen hinaus. Sie lachten und stießen sich an.

»Jetzt gehen sie«, sagte Georg. »Machen wir uns sofort hinterher?«

Jack ging zur Tür. »Sie sind nach unten gegangen«, sagte er. »Sie werden wohl ihre Mäntel aus dem Schrank in der Diele holen. Wir lassen ihnen eine Minute zum Anziehen, dann holen wir unsere. Wahrscheinlich werden wir die Haustür zuschlagen hören. Wir sind im Nu hinter ihnen her.«

Nach etwa einer Minute hörten sie, wie die Haustür geöffnet wurde, und dann klickte sie recht leise ins Schloss, als solle man es eigentlich nicht hören.

»Hast du es gehört?«, fragte Jack. »Sie haben die Tür sehr leise zugemacht. Los, jetzt ziehen wir unsere Mäntel an und gehen ihnen nach. Wir dürfen nicht zu dicht hinter ihnen sein, denn dann sehen sie uns. He, werden wir die überraschen, wenn sie oben in Tiggers Scheune sind!«

Sie zogen sich ihre Mäntel an und öffneten die Haustür. Es war ziemlich hell draußen wegen des Mondscheins. Trotzdem nahmen sie eine Taschenlampe mit.

Von Jeff und Susi war nichts zu sehen.

»Die müssen aber wie der Blitz losgebraust sein«, sagte Jack, als er die Tür hinter sich zuzog. »Komm, wir kennen den Weg zu Tiggers Scheune, auch wenn wir Jeff und Susi nicht vor uns haben.«

Sie gingen über den Gartenweg zum Tor. Das Gekicher, das ihnen folgte, hörten sie nicht. Jeff und Susi hatten sich hinter den langen Vorhängen in der Diele versteckt und blickten nun Jack und Georg nach. Sie schüttelten sich übermütig die Hände und lachten, lachten – was für einen herrlichen Streich hatten sie den beiden Jungen da gespielt!

In Tiggers Scheune

Jack und Georg ahnten nicht, dass sie Jeff und Susi in der Halle zurückgelassen hatten. Sie glaubten fest, die beiden seien ihnen ein gutes Stück voraus auf ihrem Eilmarsch zu Tiggers Scheune! Sie beeilten sich ebenfalls, aber zu ihrem Erstaunen konnten sie niemanden vor sich entdecken, sosehr sie sich auch anstrengten, die mondhelle Nacht mit den Augen zu durchdringen.

»Hm, ich kann nur sagen, die beiden müssen mit dem Rad gefahren sein«, meinte Georg schließlich. »Sie können nicht so schnell laufen. Hat Susi ein Fahrrad, Jack?«

»O ja, und ich wette, sie hat Jeff meins geliehen«, antwortete Jack ärgerlich. »Jetzt sind sie eine Ewigkeit vor uns in Tiggers Scheune. Hoffentlich ist das Treffen der beiden Männer nicht schon zu Ende, wenn wir ankommen. Ich möchte nicht, dass Susi und Jeff alles hören und wir gar nichts!«

Bis zu Tiggers Scheune war es ungefähr eine Meile. Sie lag oben auf einem einsamen Berg, von Bäumen umstanden. Früher hatte sie zu einem Bauernhof gehört, der eines Nachts abgebrannt war. Tiggers Scheune war nun nicht viel mehr als ein verfallenes Gemäuer, in dem Landstreicher hin und wieder Unterschlupf suchten. Dohlen nisteten in dem mächtigen Schornstein, der noch übrig geblieben war, und eine große rostbraune Eule verschlief hier den Tag.

Die Kinder hatten in der Scheune gespielt, bis es ihnen verboten worden war: Die alten Mauern konnten zu leicht einstürzen. Jack und Georg hatten sie einmal zusammen mit Peter durchforscht, aber ein alter Landstreicher hatte sich in einer Ecke erhoben und sie so laut angeschrien, dass sie entsetzt geflohen waren.

Die beiden Jungen stapften hastig den Weg entlang. Sie kamen an den Fuß des Berges und gingen den schmalen Pfad hinauf, der zu Tiggers Scheune führte. Von Jeff und Susi war immer noch nichts zu sehen. Nun, wenn sie mit dem Rad gefahren waren, dann *mussten* sie ja inzwischen in der Scheune sein!

Schließlich standen sie vor dem alten Gebäude. Verlassen und knochig sah es aus in dem sehr blassen Mondlicht: Ein Teil des Daches fehlte und der eine große Schornstein ragte hoch in den Nachthimmel hinauf.

»Das ist sie«, flüsterte Jack. »Leise gehen! Jeff und Susi dürfen nicht wissen, dass wir hier sind – und die Männer auch nicht, wenn sie schon da sind. Aber alles ist ganz still. Ich glaube nicht, dass die Männer da sind.«

Sie hielten sich im Schatten einer hohen Taxushecke und gingen auf Zehenspitzen um das Haus herum. Es hatte eine Tür nach vorn und eine nach hinten und beide waren verschlossen. Aber da in keinem der Fenster Scheiben waren, konnte jeder, der wollte, ohne weiteres einsteigen.

Jack kletterte durch ein Fenster zu ebener Erde. Ein Rascheln ließ ihn zusammenfahren, und er hielt sich so heftig an Georg fest, dass der zurückzuckte.

»Pack mich nicht so an!«, beschwerte sich Georg flüsternd. »Das war nur eine Ratte, die ausgerissen ist. Fast hätte ich laut geschrien, weil du mich so gepackt hast!«

»Pst!«, sagte Jack. »Was ist das?«

Sie horchten. Etwas bewegte sich hoch oben in dem Kamin, der sich über der offenen Feuerstelle des verfallenen Raumes türmte, in den sie eingestiegen waren.

»Vielleicht eine Eule«, meinte Georg schließlich. »Ja, hör doch, sie schreit!«

Ein unheimliches »Hu-hu« drang ihnen ans Ohr. Aber es klang eigentlich nicht, als komme es aus dem Schornstein. Von draußen schien es zu kommen, aus dem verwilderten Garten. Dann antwortete ein zweites »Hu-hu«, aber das klang ganz und gar nicht nach einer Eule.

»Jack«, flüsterte Georg in Jacks Ohr, »das ist keine Eule. Das sind Männer, die sich gegenseitig Zeichen geben. Sie treffen sich tatsächlich hier! Aber wo sind Susi und Jeff?«

»Weiß ich nicht. Wahrscheinlich irgendwo in einem sicheren Versteck«, meinte Jack, dem plötzlich die Knie ein bisschen wackelig wurden. »Wir verstecken uns besser auch rasch. Die Männer sind in einer halben Minute hier.«

»Da drüben – im Kamin –, das ist ein gutes Versteck«, flüsterte Georg. »Da können wir uns im Dunkeln hinstellen, genau unter den großen Schornstein. Los, los, schnell! Ich höre schon Schritte draußen.«

Leise liefen die beiden Jungen zu der offenen Feuerstelle hinüber. Landstreicher hatten hier von Zeit zu Zeit ein Feuer angezündet und ein Ascheberg füllte den Raum. Bis zu den Knöcheln standen die beiden Jungen darin und wagten kaum zu atmen.

Dann leuchtete plötzlich eine Taschenlampe auf und der Lichtstrahl geisterte durch den Raum. Jack und Georg drückten sich fest aneinander. Hoffentlich fielen sie nicht auf in dem großen Feuerloch!

Sie hörten, wie jemand zu demselben Fenster hereinkletterte, durch das auch sie eingestiegen waren. Dann sprach eine Stimme mit jemandem draußen vor dem Fenster.

»Komm rein. Niemand hier. Larry ist noch nicht da. Mach ihm das Zeichen, Zeb, vielleicht wartet er gerade darauf.«

Jemand stieß wieder ein zitterndes »Hu-uh« aus. »Hu-u-u-u-h! Hu-u-u-u-u-uh!«

Aus einiger Entfernung kam ein Antwortruf und etwa eine halbe Minute später kletterte noch ein Mann zum Fenster herein. Drei waren es nun.

Die beiden Jungen hielten den Atem an. Meine Güte! Da waren sie mitten in eine sehr, sehr merkwürdige Geschichte hineingeraten! Warum trafen sich diese Männer in diesem verfallenen Schuppen? Wer waren sie und was hatten sie vor?

Und wo waren Susi und Jeff? Hörten und sahen die auch zu?

»Kommt nach nebenan«, sagte der Mann, der als Erster gesprochen hatte. »Da stehen Kisten rum, auf die können wir uns setzen, und das Licht scheint nicht so hinaus wie hier. Komm, Larry! Zeb, leuchte uns mit deiner Taschenlampe!«

Bange Minuten

Die beiden Jungen waren froh, als die Männer in den Raum nebenan verschwanden, aber gleichzeitig tat es ihnen auch Leid. Froh waren sie, weil sie nun keine Angst mehr haben mussten, entdeckt zu werden; aber Leid tat es ihnen, weil es ihnen jetzt unmöglich war, genau zu verstehen, was die Männer sagten.

Sie hörten Gemurmel von nebenan.

Jack stieß Georg an. »Ich schleiche mich zur Tür hin. Vielleicht kann ich von da aus verstehen, was sie sagen«, flüsterte er.

»Nein, nicht«, bat Georg ihn ängstlich. »Dann entdecken sie uns. Bestimmt machst du Geräusche!«

»Ich habe meine Schuhe mit den Kreppsohlen an. Ich werde ganz leise schleichen«, flüsterte Jack zurück. »Bleib du hier, Georg. Ich möchte wirklich wissen, wo Susi und Jeff sind. Hoffentlich stoße ich nicht irgendwo mit ihnen zusammen.«

Sehr, sehr leise rückte Jack zu der Tür vor, die nach nebenan führte. Die Tür stand einen Spalt offen und er konnte durch einen Ritz in der geborstenen Füllung spähen. Er sah die drei Männer. Sie saßen auf alten Kisten, studierten aufmerksam eine Karte und unterhielten sich leise.

Er versuchte die Männer genauer zu erkennen, aber dazu war es zu dunkel. Er konnte sie nur nach ihren Stimmen unterscheiden – einer sprach gebildet, deutlich und fest, die anderen beiden rau und gewöhnlich.

Jack konnte nicht im Mindesten ausmachen, worüber sie sprachen. Laden und ausladen. Sechs-zwei oder vielleicht sieben-zehn. Weich, weich, weich. Darf kein Mond sein. Dunkel, Nebel, Dunst. Weich. Nebel. Sechs-zwei, aber es kann sogar sieben-zwanzig werden. Und wieder weich, weich, weich …

Was meinten sie denn nur? Es war zum Wahnsinnigwerden: unzusammenhängende Fetzen zu hören, die keinen Sinn ergaben. Jack spitzte die Ohren und horchte so angestrengt, wie er konnte, um mehr zu verstehen. Aber es nützte nichts; er kapierte einfach nichts. Er beschloss noch ein Stück näher zu rücken und lehnte sich an etwas, das plötzlich nachgab. Eine Schranktür! Bevor Jack sich bremsen konnte, kippte er nach hinten und landete mit einem leisen Aufprall in dem Schrank. Ein sanftes Klicken – und die Tür schloss sich wieder. Nun saß er da, ängstlich und verdutzt, und wagte nicht sich zu rühren.

»Was war das?«, fragte einer der Männer.

Sie horchten alle und in dem Augenblick schnürte lautlos eine Ratte an der Wand des Zimmers entlang. Einer der

Männer erwischte sie mit dem Lichtstrahl seiner Taschenlampe.

»Ratten«, sagte er. »Hier wimmelt's von Ratten. Das war es, was wir gehört haben.«

»Da bin ich nicht so sicher«, sagte der Mann mit der deutlichen Aussprache. »Knips die Lampe aus, Zeb. Bleibt einen Augenblick still sitzen!«

Die Taschenlampe wurde ausgeknipst. In äußerster Stille saßen die Männer auf ihren Kisten und horchten. Wieder trippelte eine Ratte über den Fußboden.

Jack saß regungslos in dem Schrank. Er fürchtete, die Männer würden nun kommen, um herauszufinden, wer das Geräusch gemacht hatte. Georg stand nebenan unter dem Schornstein und fragte sich vergeblich, was vorgefallen sei. Es war so still – und so finster.

Die Eule wurde wach im Schornstein über ihm und regte sich. Nachtzeit – Jagdzeit. Sie schrie einmal leise und ließ sich dann in die Feuerstelle hinunterfallen, um durch das scheibenlose Fenster ins Freie zu fliegen.

Sie war erschrocken, als sie Georg unten im Kamin antraf, und Georg war entsetzt, als sie ihm mit einem Flügel über die Wange strich. Lautlos flog sie zum Fenster hinaus, ein großer beweglicher Schatten in dem blassen Licht.

Georg hielt es nicht mehr aus. Er musste aus dem Kamin heraus! Unbedingt! Sonst fiel vielleicht noch etwas herunter und berührte ihn sachte im Gesicht. Wo war Jack? Wie gemein von ihm, einfach wegzugehen und ihn dem Getier zu überlassen, das in Kaminen hauste! Und zu allem Überfluss hatte Jack auch noch die Taschenlampe. Georg hätte alles darum gegeben, jetzt eine Taschenlampe anknipsen zu können.

Er kroch aus der Kaminöffnung heraus und blieb dann zögernd mitten im Zimmer stehen. Was machte Jack denn nur? Er hatte gesagt, er werde sich an die Tür heranschleichen, die in den Raum nebenan führte, um zu sehen, ob er dort die Männer belauschen konnte. Aber waren die Männer denn überhaupt noch da? Nichts war zu hören …

»Vielleicht sind sie zu einem anderen Fenster hinausgestiegen und verschwunden«, dachte Georg. »Aber warum kommt Jack dann nicht zurück? Das ist wirklich nicht nett von ihm. Ich halte es einfach nicht mehr aus.«

Er ging vorsichtig zur Tür hinüber, die Hände ausgestreckt, um nach Jack zu tasten. Aber Jack war nicht da. Der Raum nebenan war stockfinster; nichts konnte er dort sehen und es herrschte vollkommene Stille. Wo waren sie denn nur alle?

Georg spürte, wie seine Knie weich wurden. Dieser grässliche, verfallene alte Schuppen! Warum hatte er nur auf Jack gehört und war mit ihm hierher gekommen! Bestimmt waren Jeff und Susi nicht so dumm gewesen, sich im Dunkeln hierher auf den Weg zu machen.

Er traute sich nicht, laut zu rufen. Vielleicht war Jack ganz in der Nähe und hatte ebenfalls Angst. Ah, das Kennwort der *Schwarzen Sieben*, damit könnte er es einmal versuchen. Wie lautete es doch wieder? Charlie Frechdachs!

»Wenn ich ›Charlie Frechdachs‹ flüstere, weiß Jack, dass ich es bin«, überlegte Georg. »Es ist unser Kennwort. Er wird wissen, dass ich es bin, und Antwort geben.«

Also flüsterte er: »Charlie Frechdachs! Charlie Frechdachs!«

Dann flammte plötzlich eine Taschenlampe auf und er stand mitten in dem Lichtkegel. Eine Stimme herrschte ihn an: »Was soll das? Was weißt du von Charlie? Komm her, Junge, komm, komm! Und antworte mir!«

Sehr merkwürdig

Georg war vollkommen verblüfft. Da waren die Männer ja noch! Wo war dann Jack? Was war ihm zugestoßen? Geblendet stand Georg da, sprachlos, mit weit aufgesperrtem Mund.

»Nun komm schon!«, sagte die Stimme ungeduldig. »Wir haben gehört, dass du ›Charlie Frechdachs‹ geflüstert hast. Hast du eine Nachricht von ihm?«

Georg sperrte den Mund noch weiter auf. Eine Nachricht von ihm? Von Charlie Frechdachs? Nanu! Das war doch nur ein Kennwort. Nichts weiter als der Name eines Hundes! Was meinte der Mann denn wohl?

»Wirst du nun endlich reinkommen«, fuhr der Mann ihn an. »Was ist denn los mit dir, Junge? Hast du Angst? Wir fressen einen Boten von Charlie nicht.«

Langsam trat Georg in das Zimmer, aber in seinem Kopf arbeitete es nun mit Höchstgeschwindigkeit. Ein Bote von Charlie. Konnte es sein, dass hier jemand Charlie hieß – Charlie Frechdachs? Dachten diese Männer, er komme von ihm? Seltsam, außerordentlich seltsam!

»Bestimmt keine Nachricht von Charlie«, sagte der Mann, den sie Zeb nannten. »Warum denn wohl? Er wartet doch gerade auf eine Nachricht von uns. Du, Junge, hat Charlie dich geschickt und gesagt, du sollst eine Nachricht mitbringen?«

Georg konnte nur nicken. Er hatte keine Lust, irgendetwas erklären zu müssen. Diese Männer glaubten anscheinend, jemand mit dem Namen Charlie habe ihn geschickt, damit er eine Nachricht abhole. Wenn er sich also die Nachricht geben ließ, ließen sie ihn vielleicht laufen, ohne ihn noch weiter auszufragen.

»Möchte gern wissen, warum Charlie so eine doofe Nuss herschickt«, knurrte Zeb. »Hast du einen Bleistift, Larry? Ich schreibe ihm die Nachricht eben auf.«

»Ein Junge, der den Mund nicht aufmachen kann und kein Wort sagt, ist genau der richtige Bote für uns«, sagte der Mann mit der deutlichen Aussprache. »Schreib Charlie, was wir beschlossen haben, Zeb. Und vergiss nicht, dass er die Plane an einer Ecke mit weißen Strichen markieren soll.«

Beim Schein der Taschenlampe kritzelte Zeb etwas in sein Notizbuch. Er riss das Blatt heraus und faltete es zusammen. »Da«, sagte er zu Georg, »bring das zu Charlie – und dass du ihn mir nicht noch mal Charlie Frechdachs nennst, hörst du? Kleine Jungens, die frech werden, kriegen eins hinter die Löffel. Seine Freunde können ihn nennen, wie sie wollen, aber nicht du, verstanden?«

»Ach, lass den Kleinen doch«, sagte Larry. »Wo ist Charlie jetzt? Bei Dalling oder bei Hammond?«

Georg wusste nicht, was er antworten sollte. »Dalling«, sagte er schließlich, ohne auch nur die blasseste Ahnung zu haben, was das bedeutete.

Larry warf ihm einen Shilling hin. »Ab mit dir!«, sagte er. »Der Bau hier macht dir Angst und Bange, was? Möchtest du, dass ich den Berg mit dir runtergehe?«

Das wollte der arme Georg nun ganz und gar nicht. Er schüttelte den Kopf.

Die Männer standen auf. »Wenn du Gesellschaft haben willst, begleiten wir dich. Wenn nicht, zisch ab!«

Georg zischte ab, aber nicht sehr weit. Er ging in den anderen Raum zurück, wo er dankbar feststellte, dass der Mond, der wieder hinter den Wolken hervorgekrochen war, genügend Licht spendete, sodass er mit ein paar Schritten zum Fenster laufen konnte. Umständlich kletterte er hinaus, denn seine Beine waren wackelig und zitterten und wollten nicht recht gehorchen.

Er hielt auf ein dichtes Gebüsch zu und warf sich mitten hinein. Wenn diese Männer wirklich aufbrachen, konnte er warten, bis sie weg waren, und dann zurückgehen und Jack suchen.

Was konnte denn nur mit Jack passiert sein? Er war offensichtlich spurlos verschwunden.

Vorsichtig verließen die Männer Tiggers Scheune. Sie redeten nur leise miteinander. Die Eule flog dicht über ihre Köpfe hinweg und stieß plötzlich einen Schrei aus, der sie zusammenfahren ließ. Dann hörte Georg sie lachen. Ihre Schritte verklangen allmählich.

Georg seufzte erleichtert auf. Dann kroch er aus dem Gebüsch heraus und kletterte ins Haus zurück. Er stand eine Weile da und überlegte, was er tun sollte. Sollte er es noch einmal mit dem Kennwort versuchen? Beim letzten Mal war die Wirkung überraschend gewesen; vielleicht war es daher besser, diesmal nur Jacks Namen zu rufen.

Aber bevor er noch rufen konnte, hörte er eine Stimme von der Tür zum anderen Raum her.

»Charlie Frechdachs«, flüsterte die Stimme durchdringend.

Georg blieb still stehen und gab keine Antwort. War es Jack, der das Kennwort sagte? Oder war es jemand anders, der den richtigen Charlie Frechdachs kannte – wer auch immer das sein mochte?

Dann flammte eine Taschenlampe auf und Georg stand genau in ihrem Lichtkegel. Aber diesmal war es Jacks Taschenlampe, Gott sei Dank! Und Jack selber rief hörbar erleichtert: »Du bist es ja tatsächlich, Georg! Mensch, warum hast du denn keine Antwort gegeben auf das Kennwort! Du musst doch gewusst haben, dass ich es war.«

»Oh, Jack! Wo warst du? Mir ist was Schreckliches passiert! Du hättest nicht weggehen und mich einfach allein lassen sollen. Wo warst du denn nur?«

»Ich habe die Männer belauscht und dabei bin ich in den Schrank gefallen«, sagte Jack. »Die Tür ging hinter mir zu und ich konnte kein Wort mehr verstehen. Ich habe mich nicht getraut, mich zu bewegen. Aber schließlich habe ich dann doch die Tür aufgemacht, und als nichts zu hören war, habe ich mir überlegt, wo du wohl sein könntest. Also habe ich das Kennwort geflüstert.«

»Ah, ja«, sagte Georg dankbar. »Dann hast du gar nicht gehört, was mir passiert ist? Die Männer haben mich entdeckt – und ...«

»Dich *entdeckt*?«, fragte Jack voller Staunen.

»Es ist wirklich sehr merkwürdig«, sagte Georg. »Also, ich habe auch das Kennwort geflüstert, weil ich dachte, du würdest es vielleicht hören. Aber stattdessen hörten mich die Männer, als ich ›Charlie Frechdachs‹ sagte – und sie riefen mich herein und fragten mich, ob ich eine Nachricht von ihm habe.«

Jack verstand kein Wort. Es dauerte eine Weile, bis Georg ihm klargemacht hatte, dass die drei Männer wirklich anzunehmen schienen, jemand, den sie kannten und der tatsächlich Charlie Frechdachs genannt wurde, benutze Georg als Boten!

»Und sie haben mir eine Nachricht für ihn mitgegeben«, sagte Georg. »Auf einem Zettel. Ich habe ihn in der Tasche.«

»Was! Tatsächlich?«, fragte Jack in heller Aufregung. »Du, das ist aber spannend! Vielleicht stecken wir mitten in einem neuen Abenteuer. Zeig mir den Zettel!«

»Nein. Komm, wir gehen nach Hause und lesen ihn da«, sagte Georg. »Ich möchte aus diesem verfallenen alten Kasten heraus – hier gefällt es mir gar nicht. Irgendetwas ist mir oben aus dem Kamin an den Kopf geflogen. Ich hab fast zu viel gekriegt. Komm, Jack, ich möchte gehen.«

»Ja, aber warte noch«, sagte Jack. »Was wird aus Susi und Jeff? Die müssen doch auch irgendwo hier stecken. Vielleicht sollten wir sie suchen.«

»Wir müssen unbedingt herausfinden, woher sie gewusst haben, dass heute Abend hier ein Treffen abgehalten wurde«, sagte Georg. »Komm, wir rufen sie, Jack. Jetzt ist bestimmt niemand anderes mehr hier. Ich rufe sie jedenfalls jetzt!«

Also rief er laut: »Jeff! Susi! Kommt raus! Wo seid ihr? Kommt raus!«

Seine Stimme hallte in dem alten Schuppen wider, aber niemand rührte sich, niemand gab Antwort.

»Ich suche alles mit der Taschenlampe ab«, sagte Jack und mutig gingen die beiden Jungen in jeden einzelnen der verfallenen, kahlen Räume und lenkten den Lichtstrahl in jede Ecke.

Niemand war zu sehen. Jack bekam es plötzlich mit der Angst zu tun. Susi war seine Schwester. Ein Junge musste auf seine Schwester aufpassen, musste sie beschützen – und wenn sie auch noch so eine Landplage war! Was war Susi zugestoßen?

»Georg, wir müssen so schnell wie möglich nach Hause und meiner Mutter sagen, dass Susi verschwunden ist«, sagte er. »Und Jeff ist auch verschwunden. Komm, schnell! Es kann ihnen etwas Schlimmes zugestoßen sein.«

So schnell sie konnten, liefen sie nach Hause zurück. Als sie auf das Tor zueilten, sah Jack seine Mutter, die von ihrer Versammlung zurückkam. Er lief ihr entgegen.

»Mutti! Susi ist verschwunden. Sie ist weg! Oh, Mutti, sie ist zu Tiggers Scheune hinaufgegangen und jetzt ist sie nicht da!«

Seine Mutter hörte ihm besorgt zu. Rasch öffnete sie die

Haustür und trat in die Diele. Die beiden Jungen folgten ihr auf dem Fuß.

»Nun noch einmal – schnell«, sagte sie. »Was meinst du? Warum ist Susi weggegangen? Wann …«

Oben flog eine Tür auf und eine vergnügte Stimme rief: »Hallo, Mutti! Bist du das? Komm doch und guck dir Jeffs Eisenbahn an! Und schimpf bitte nicht, weil es so spät ist. Wir haben auf Jack und Georg gewartet.«

»Aber … aber da ist doch Susi«, sagte ihre Mutter überrascht. »Was sollte das heißen, Jack – Susi sei verschwunden? Welch ein dummer Scherz!«

Tatsächlich, Susi und Jeff waren oben und den ganzen Fußboden hatten sie mit Schienen bedeckt.

Verblüfft und empört starrte Jack Susi an. War sie gar nicht weg gewesen? Sie lächelte ihm schadenfroh zu.

»Angeschmiert«, sagte sie unverblümt. »Wer hat herumspioniert beim Treffen der ›Fabelhaften Fünf‹? Wer hat gelauscht und alles geglaubt, was er hörte? Wer ist ein Oberdussel, wer ist ein …«

Wütend stürzte Jack sich auf sie. Sie verkroch sich lachend hinter ihrer Mutter.

»Na, na, Jack«, ermahnte ihn seine Mutter. »Hör bitte auf. Was ist vorgefallen? Susi, geh zu Bett. Jeff, pack deine Schienen zusammen. Für dich wird's auch Zeit. Deine Mutter wird gleich anrufen und fragen, warum du nicht nach Hause kommst. *Jack!* Hast du nicht gehört, was ich gesagt habe? Lass Susi in Frieden!«

Jeff machte sich daran, seine Schienen einzupacken, und Georg half ihm. Beide Jungen hatten Angst vor Jacks Mutter, wenn sie ärgerlich war. Susi lief in ihr Zimmer und knallte die Tür zu.

»Boshaft ist sie«, zischte Jack voller Wut. »Sie ist ausgekocht, sie – sie – sie ...«

So flink, wie sie konnten, verschwanden Georg und Jeff aus dem Haus mit den Eisenbahnkartons unterm Arm. Und Georg vergaß vollkommen, was er in seiner Tasche trug: den Zettel mit einer Nachricht für einen Mann namens Charlie Frechdachs, die er noch nicht einmal gelesen hatte!

Sofort ein Treffen abhalten!

Georg ging neben Jeff eilig die Straße entlang. Jeff lachte vor sich hin.

»Mensch, du und Jack, ihr seid aber ganz schön reingefallen auf unseren kleinen Trick, was? Susi ist schlau, sie hat alles herrlich eingefädelt. Wir haben alle ganz laut geredet, damit Jack auch ja alles hörte. Wir wussten, dass er sich in dem Lorbeerbusch versteckt hatte.« Georg sagte nichts. Er war wütend darüber, dass die »Fabelhaften Fünf« der *Schwarzen Sieben* solch einen abgefeimten Streich spielen konnten, wütend, dass sich Jack so leicht hatte hinters Licht führen lassen. Aber, du liebe Zeit, was für eine merkwürdige Wendung der Streich dann genommen hatte!

Susi hatte Tiggers Scheune nur erwähnt, damit Jack und die *Schwarze Sieben* glaubten, irgendetwas sei dort im Gange; und sie hatte von einem erfundenen Humpel-Tom und einem ebenso erfundenen Drehwurm-Dick gesprochen.

Und dann war doch da tatsächlich etwas im Gange – zwar nicht zwischen Humpel-Tom und Drehwurm-Dick, aber zwischen drei geheimnisvollen Männern namens Zeb, Larry und … Hatte er den Namen des dritten Mannes gehört? Nein, den hatte er nicht gehört.

»Du bist so still, Georg«, sagte Jeff und wollte sich ausschütten vor Lachen. »Hat es dir Spaß gemacht oben in Tiggers Scheune? War bestimmt ziemlich gruselig, was?«

»Ja«, antwortete Georg wahrheitsgemäß, aber weiter sagte er nichts. Er wollte über alles noch einmal gründlich nachdenken, Ordnung bringen in das, was er gehört und was sich zugetragen hatte. Alles war ein wirres Durcheinander in seinem Kopf.

»Eins ist sicher!«, dachte er plötzlich. »Wir müssen ein Treffen der *Schwarzen Sieben* ansetzen. Komisch, da spielen uns die ›Fabelhaften Fünf‹ einen albernen Streich und wo landen wir? Mitten in einer *ganz großen Sache* – ja, ganz bestimmt: in einem neuen Abenteuer. Susi ist ein Dummkopf, aber sie hat der *Schwarzen Sieben* einen großartigen Gefallen getan!«

Kaum war Georg zu Hause angelangt, da griff er in die Tasche, um den Zettel herauszuholen, den Zeb ihm gegeben hatte. Aufgeregt fühlte er in der Tasche herum. Scheußlich, wenn er ihn verloren hätte!

Aber er hatte ihn nicht verloren. Seine Finger umschlossen das zusammengefaltete Stück Papier. Er holte es hervor. Seine Hand zitterte, so aufgeregt war er. Er faltete das Blatt auseinander und las die Nachricht beim Licht seiner Nachttischlampe.

»He, Charlie,
alles ist fertig und sieht bestens aus. Nicht einzusehen, dass irgendetwas schief gehen sollte – aber Nebel wäre natürlich sehr nützlich, wie du dir denken kannst! Larry kümmert sich ums Rumwerfen, das ist geregelt. Denk an den Laster und lass die Waggonplane an einer Ecke mit weißer Farbe markieren. Das spart Zeit beim Suchen nach der richtigen Ladung. Schlau von dir, die Ladung mit dem Waggon rauszuschicken und mit dem Laster abzuholen!

Alles Gute,
Zeb.«

Georg verstand überhaupt nichts. Wovon, um alles in der Welt, war hier die Rede? Ein Anschlag irgendeiner Art war geplant, so viel stand fest. Aber was bedeutete all das andere?

Georg ging zum Telefon. Vielleicht war Peter noch nicht zu Bett gegangen. Er musste unbedingt mit ihm sprechen und ihm sagen, dass sich etwas Wichtiges ereignet hatte.

Peter war gerade dabei, zu Bett zu gehen. Überrascht kam er an den Apparat, als seine Mutter ihn rief.

»Hallo! Was ist los?«

»Peter, ich kann jetzt nicht so lange reden, um dir alles zu erzählen, aber wir sind in Tiggers Scheune gewesen, Jack und ich, und ob du's glaubst oder nicht – es tut sich tatsächlich was. Wir haben ein ganz schönes Abenteuer hinter uns und …«

»Du willst mir doch nicht etwa erzählen, dass Susis Märchen wahr gewesen ist!«, rief Peter ungläubig.

»Nein. Was sie gesagt hat, das war alles erfunden, da hattest du schon Recht; aber trotzdem tut sich was in Tiggers Scheune, Peter – irgendetwas, wovon Susi natürlich nichts gewusst hat, denn sie hat das Haus ja nur aus Jux erwähnt. Aber es ist etwas Ernstes, Peter. Du musst die *Schwarze Sieben* für morgen Abend nach dem Tee zusammenrufen.«

Es trat eine Pause ein.

»Gut«, sagte Peter schließlich, »ich werde ein Treffen ansetzen. Das ist aber verflixt merkwürdig, Georg. Erzähl mir nichts weiter am Telefon, ich möchte nicht, dass meine Mutter mich hinterher allzu sehr ausfragt. Ich organisiere das Treffen. Donnerwetter, ja! Das hört sich mächtig geheimnisvoll an!«

»Warte erst mal ab, bis du die ganze Geschichte kennst!«, sagte Georg. »Du wirst dich wundern!«

Er legte den Hörer auf und machte sich zum Schlafengehen fertig. Dass er überhaupt nicht zu Abend gegessen hatte, vergaß er völlig. Immer wieder musste er an die Ereignisse des Abends denken. Wie seltsam – das Kennwort der *Schwarzen Sieben* war Charlie Frechdachs, und da gab es doch tatsächlich jemanden, der wirklich so hieß!

Und wie unbegreiflich – da erfindet Susi etwas, holt es glatt aus der Luft und dann wird es plötzlich wahr, ohne dass sie etwas davon weiß. In Tiggers Scheune tat sich wahrhaftig etwas!

Er kletterte ins Bett und lag lange wach. Auch Jack lag wach und dachte nach. Er war ganz aus dem Häuschen. Hätte er doch nur nicht in diesem dummen Schrank festgesessen! Die ganze Zeit hätte er horchen können! Nun,

Georg hatte ja offensichtlich eine ganze Menge mitbekommen.

Die Mitglieder der *Schwarzen Sieben* waren schrecklich gespannt am nächsten Tag. Es fiel ihnen schwer, sich der »Fabelhaften Fünf« gegenüber nicht anmerken zu lassen, dass bei ihnen etwas Aufregendes im Gange war, aber Peter hatte allen streng untersagt, in der Schule über die Angelegenheit zu reden, damit Susi mit ihren langen Ohren ja nicht zufällig Wind davon bekam.

»Wir wollen schließlich nicht, dass die ›Fabelhaften Fünf‹ hinter uns herschnüffeln«, sagte Peter. »Wartet nur bis heute Abend, dann geht es richtig los!«

Großes Rätselraten

Punkt fünf Uhr waren sämtliche Mitglieder der *Schwarzen Sieben* in dem Schuppen in Peters Garten versammelt. Alle waren schleunigst nach der Nachmittagsschule nach Hause gerannt, hatten ihre Brote und ihren Tee hinuntergeschlungen und waren dann unverzüglich zu dem Treffen geeilt.

Rasch wurde das Kennwort geflüstert, als einer nach dem andern in den Schuppen schlüpfte, ein jeder mit der »7« am Aufschlag: »Charlie Frechdachs, Charlie Frechdachs.«

Jack und Georg waren nicht dazu gekommen, mehr als ein paar hastige Worte miteinander zu wechseln. Sie platzten fast, so sehr brannten sie darauf, ihre geheimnisvolle Geschichte zu erzählen.

»So, alle sind da«, sagte Peter. »Lump, setz dich neben die Tür und halte Wache. Bell, sobald du auch nur irgendetwas hörst. Dies ist ein hochwichtiges Treffen.«

Lump erhob sich und trottete zur Tür. Neben dem Pfosten hockte er sich gewichtig hin und horchte.

»Nun mach schon, Peter«, sagte Pam. »Ich kann es nicht mehr abwarten. Was ist denn los?«

»Ich fange ja an«, sagte Peter. »Ihr wisst, dass wir bis zu den Weihnachtsferien nur dann ein Treffen abhalten wollten, wenn es etwas Dringendes gibt. Nun gibt es etwas Dringendes. Jack, fang bitte an mit deinem Bericht.«

Jack folgte der Aufforderung nur zu gern. Er erzählte, wie er sich in dem Lorbeerstrauch versteckt hatte, um die »Fabelhaften Fünf« bei ihrem Treffen in dem Sommerhäuschen zu belauschen; er wiederholte das lächerliche Märchen, das Susi erfunden hatte, um die von der *Schwarzen Sieben* hinters Licht zu führen und sie in ein nutzloses Unternehmen zu stürzen, nur um sie dann auszulachen.

Er erzählte weiter, wie Peter über die Geschichte gelacht und gesagt hatte, es sei wirklich nur ein Märchen; wie aber er und Georg trotzdem beschlossen hatten, zu Tiggers Scheune hinaufzugehen, denn vielleicht, so hätten sie gedacht, steckte doch etwas dahinter.

»Aber ich habe Recht gehabt«, unterbrach Peter ihn. »Susi hat die Geschichte tatsächlich erfunden, aber zufällig war ein Teil davon wahr, wenn Susi das auch nicht wusste.«

Georg erzählte nun weiter. Er berichtete den anderen, wie er und Jack zu Tiggers Scheune hinaufgegangen waren in dem Glauben, Susi und Jeff seien vor ihnen dort hingegangen. Und dann kam der aufregende Teil ihres Abenteuers in dem alten verfallenen Haus!

Alle hörten gespannt zu. Die Mädchen hielten den Atem an, als Georg schließlich erzählte, wie die drei Männer eintrafen.

Dann erzählte Jack, wie er zu der Tür ging, um zu horchen, und in den Schrank fiel, und Georg erzählte, wie er nach Jack gesucht und das Kennwort »Charlie Frechdachs« geflüstert hatte, mit dem er solch ein überraschendes Ergebnis erzielte.

»Willst du etwa sagen, es gibt tatsächlich einen Mann, der Charlie Frechdachs genannt wird?«, fragte Barbara verdutzt. »Unser Kennwort ist doch nur der Name von einem Hund. Stellt euch vor, da heißt ein *Mann* auch so! Du meine Güte!«

»Nicht unterbrechen, Barbara«, sagte Peter. »Macht weiter, ihr beiden.«

Alle saßen aufrecht und mit großen Augen da, als Georg erzählte, dass die Männer geglaubt hätten, er sei ein Bote von Charlie Frechdachs. Und als er ihnen von der Nachricht erzählte, die sie ihm mitgegeben hatten, und den Zettel aus der Tasche holte, war die gesamte *Schwarze Sieben* sprachlos vor Aufregung!

Der Zettel wanderte von einem zum anderen. Schließlich klopfte Peter auf eine der Kisten.

»Wir haben nun alle die Nachricht gelesen«, sagte er. »Und wir haben Jacks und Georgs Bericht gehört über das, was sich gestern Abend zugetragen hat. Es steht fest, dass wir wieder einmal auf eine sehr merkwürdige Sache gestoßen sind. Ist die *Schwarze Sieben* dafür, dass wir dieses neue Geheimnis aufklären wollen?«

Alle schrien und riefen und trommelten auf die Kisten und auch Lump war ganz außer sich und bellte.

»Gut«, sagte Peter. »Ich bin auch dafür. Aber wir müssen diesmal sehr, sehr vorsichtig sein, sonst versuchen die ›Fabelhaften Fünf‹ sich einzumischen – und die könnten uns alles verderben. Niemand darf auch nur ein einziges Wort hiervon zu irgendeinem auf der Welt sagen. Einverstanden?«

Sie waren einverstanden. Lump kam herbei und legte eine seiner großen Pfoten auf Peters Knie, als sei auch er voll und ganz einverstanden.

»Geh zur Tür zurück, Lump!«, sagte Peter. »Wir verlassen uns darauf, dass du uns warnst, wenn irgendeiner von den lästigen ›Fabelhaften Fünf‹ in der Gegend herumschnüffelt. Auf Posten, Lump!«

Gehorsam trabte Lump zu seinem Platz neben der Tür zurück. Die sieben rückten dichter zusammen und begannen mit ihrer großen Beratung.

»Zuerst werden wir all das noch einmal durchgehen, was Jack und Georg gehört haben«, sagte Peter. »Dann werden wir herauszufinden versuchen, was es bedeuten kann. Im Augenblick geht bei mir alles durcheinander, und ich habe nicht den blassesten Dunst, was diese Männer vorhaben.«

»Gut«, sagte Jack. »Wie ich schon erzählt habe, ich hörte die Männer reden, aber ihre Stimmen waren sehr leise, und ich konnte nur hier und da ein Wort aufschnappen.«

»Und was für Worte waren das?«, fragte Peter. »Erzähl es uns genau.«

»Hm, sie sagten ein paar Mal was von Laden und Ausladen«, sagte Jack. »Und immer wieder erwähnten sie etwas Weiches – ›weich, weich‹, hörte ich immerzu.«

»Was war weich?«, fragte Peter.

Jack schüttelte den Kopf.

»Keine Ahnung. Zahlen haben sie auch genannt. ›Sechs-zwei‹ sagten sie ein paar Mal und dann sagten sie ›vielleicht sieben-zehn‹. Und es dürfe kein Mond scheinen, haben sie gesagt, und über dunkel, Nebel und diesig habe ich sie reden hören. Ehrlich gesagt, ich konnte es mir überhaupt nicht zusammenreimen. Ich weiß nur, dass sie über irgendeinen Plan geredet haben müssen.«

»Was hast du denn sonst noch gehört?«, fragte Janet.

»Nichts«, antwortete Jack. »Dann bin ich in den Schrank gefallen, und als die Tür zugeklappt war, konnte ich kein Wort mehr verstehen.«

»Und ich kann nur hinzufügen, dass die Männer mich gefragt haben, ob Charlie Frechdachs bei Dalling oder bei Hammond sei«, sagte Georg. »Aber weiß der Himmel, was das bedeuten soll.«

»Vielleicht sind es die Namen von Werkstätten oder irgendwelchen Firmen«, meinte Colin. »Das ließe sich herausfinden.«

»Ja, das müsste sich feststellen lassen«, sagte Peter. »Nun zu diesem Zettel. Was kann das hier bedeuten? Was heißt ›Rumwerfen‹? Und hier ist von Waggons und Lastern die Rede. Es ist wohl klar, dass sie irgendeinen Diebstahl planen. Aber wo? Und was wollen sie stehlen? Nebel wollen sie außerdem noch haben. Hm, das kann man wohl verstehen.«

»Sollen wir den Zettel zur Polizei bringen?«, fragte Barbara.

»Nein, nein! Noch nicht!«, rief Georg. »Es ist *mein* Zettel, und ich möchte sehen, ob wir nicht selber etwas unternehmen können, ehe wir irgendwelchen Erwachsenen davon erzählen. Schließlich sind wir schon mit einer ganzen Menge anderer Dinge bestens fertig geworden. Ich sehe nicht ein, warum wir nicht auch hier was unternehmen können.«

»Ich bin auch dafür, dass wir es versuchen«, sagte Peter. »Es ist verflixt aufregend. Und wir haben doch eine ganze Reihe Anhaltspunkte. Wir wissen die Namen von dreien der vier Männer: Zeb, wahrscheinlich die Abkürzung von Zebedäus, ein sehr ungewöhnlicher Name; und Larry und Charlie Frechdachs, der wahrscheinlich der Anführer ist.«

»Ja, und wir wissen, dass er bei Dalling oder bei Hammond ist«, sagte Jack. »Was machen wir jetzt zuerst, Peter?«

Plötzlich begann Lump wie wild zu bellen und an der Tür zu kratzen.

»Kein Wort mehr!«, sagte Peter schnell. »Draußen ist jemand!«

Peter schloss die Tür auf. Bellend schoss Lump hinaus. Dann blieb er neben einem Gebüsch stehen und wedelte mit dem Schwanz. Die *Schwarze Sieben* lief zu ihm hin.

Zwei Füße waren unter dem Gebüsch zu sehen. Jack schrie wütend auf und stürzte sich in das Gebüsch. Er zerrte jemanden daraus hervor – Susi!

»Wie kannst du es nur wagen«, schrie er, »hierher zu kommen und zu horchen! Wie kannst du nur, Susi!«

»Lass mich los!«, sagte Susi. »*Du* musst gerade fragen! Ich mache nur nach, was du am Samstag vorgemacht hast! Wer hat sich im Lorbeerbusch versteckt und …«

»Woher wusstest du, dass wir ein Treffen haben?«, wollte Jack wissen und schüttelte Susi.

»Ich bin dir einfach nur nachgegangen«, antwortete Susi und lachte. »Aber ich habe überhaupt nichts gehört, weil ich mich nicht an die Tür herangetraut habe wegen Lump. Plötzlich musste ich niesen und da hat er mich wohl gehört. Warum haltet ihr ein Treffen ab?«

»Das binden wir gerade dir auf die Nase!«, sagte Peter ärgerlich. »Los, geh nach Hause, Susi. Los, los! Jack, bring sie nach Hause. Das Treffen ist zu Ende.«

»Verflixt!«, sagte Jack. »Na, schön. Komm, Susi. Und mach mir ja keinen Quatsch! Ich ziehe dich an den Haaren, bis du schreist.«

Jack zog mit Susi ab. Peter drehte sich zu den anderen um und sagte leise: »Hört zu. Ihr denkt alle über das nach, was wir eben gehört haben, und morgen sagt ihr mir oder Janet

Bescheid, wenn ihr irgendwelche guten Vorschläge habt. Es hat keinen Zweck, dass wir mit diesem Treffen weitermachen. Jemand anders von den ›Fabelhaften Fünf‹ schnüffelt vielleicht noch rum und horcht.«

»Gut«, sagten die von der *Schwarzen Sieben* und aufgeregt und sehr verwirrt gingen sie nach Hause. Wie sollte ihnen denn nur etwas einfallen, das einen Sinn in den Wortsalat bringen würde, den sie eben gehört hatten? Weich. Sechszwei, sieben-zehn. Nebel, Dunst, Dunkelheit. Dalling. Hammond.

Alle suchten nach irgendeiner guten Idee. Barbara fiel überhaupt nichts ein. Pam kam auf den Gedanken, ihren Vater nach Dalling und Hammond zu fragen. Er kannte keinen von den beiden. Und Pam wurde verlegen, als er sie fragte, warum sie es wissen wolle.

Colin vermutete, dass in einer dunklen, nebligen Nacht etwas gestohlen werden sollte und dass man vorhatte, die Beute irgendwo aus einem Laster auszuladen. Er konnte sich nicht erklären, warum sie in einem Waggon geschickt werden sollte. Alle Jungen dachten dasselbe, aber Peter sagte, es nütze ihnen nicht sehr viel, da sie nicht wüssten, wann, wo und aus was für einem Laster.

Am nächsten Tag hatte Jack eine sehr gute Idee. Er meinte, es werde ihnen sicherlich weiterhelfen, wenn er versuchte, einen Mann mit Namen Zebedäus zu finden, denn das müsste bestimmt der Zeb aus Tiggers Scheune sein.

»Ja, Jack, das ist eine gute Idee«, sagte Peter. »Du darfst die Suche übernehmen. Bring uns diesen Zeb; das könnte der erste Schritt sein.«

»Ja, aber wie soll ich ihn finden?«, fragte Jack. »Ich kann doch nicht herumgehen und jeden Mann, dem ich begegne, fragen, ob er Zeb heißt.«

»Nein. Darum habe ich ja auch gesagt, es ist eine gute *Idee*«, sagte Peter und grinste. »Aber viel mehr ist es wohl nicht. Den einzigen Zebedäus im Bezirk zu finden, das wäre ja, wie nach einer Nadel im Heuschober zu suchen.«

»Das möchte ich nicht tun müssen«, sagte Janet, die bei ihnen war. »Peter und ich haben wohl die einzige wirklich gute Idee, Jack.«

»Und die wäre?«, fragte Jack.

»Hm, wir haben zu Hause in unserem Telefonbuch nachgeschlagen und nach der Firma Dalling oder Hammond gesucht«, antwortete Janet. »Aber wir haben nichts gefunden. Also haben wir gedacht, dass sie wohl weiter weg liegen müssen. In unserem Telefonbuch stehen nämlich nur die Namen von Leuten aus dieser Gegend.«

»Und jetzt gehen wir zum Postamt und schlagen in den großen Telefonbüchern nach«, sagte Peter. »Willst du mitkommen?«

Jack ging mit den beiden zur Post. Peter holte sich zwei Telefonbücher – eins mit den Ds und eins mit den Hs.

»Ich suche jetzt Dalling«, sagte er und blätterte die Seiten in dem D-Band um. Die anderen beiden blickten ihm über die Schulter.

»Dale, Dale, Dale, Dales, Daling, Dalish, Dallas, *Dalling*!«, las Peter, während er mit dem Finger die Reihe der Namen hinunterfuhr. »Da haben wir ihn – Dalling. Oh, hier stehen drei Dallings! Verflixt!«

»Eine Mrs. A. Dalling, Rosengrund, Hubling«, sagte Janet, »und E. A. Dalling, Rittergut Tallington, und Fa. E. Dalling, Bleifabrikate. Hm, wer ist denn wohl der richtige Dalling? Wahrscheinlich doch die Fabrik oder was meint ihr?«

»Ja«, sagte Peter aufgeregt, »bestimmt. Jetzt die Hs. Wo sind sie? In dem anderen Buch. Hier fängt's an. Hall, Hall, Hallet, Ham, Hammers, Hamming, Hammond, Hammond, Hammond, Hammond – da, guckt doch mal!«

Die beiden blickten in das Buch. Peter zeigte auf den vierten Hammond. »Hammond und Co., Bleifabrik, Petlington. Das ist es!«, rief Peter triumphierend. »Zwei Firmen, die mit Blei arbeiten, die eine heißt Hammond, die andere Dalling. Charlie Frechdachs muss mit beiden etwas zu tun haben.«

»Blei!«, sagte Jack. »Das ist heutzutage sehr wertvoll, nicht wahr? Ich habe schon oft gelesen, dass Diebe hingehen und es von Kirchendächern stehlen. Ich weiß gar nicht, warum Kirchen so oft Bleidächer haben. Scheint aber so zu sein.«

»Sieht mir danach aus, dass Charlie Frechdachs eine Ladung Blei mit einem Waggon irgendwohin schicken will, und Zeb und die anderen sollen den Transport anhalten und das Blei stehlen«, meinte Peter. »Du hast Recht, Jack. Blei ist sehr wertvoll.«

»Charlie muss einen ziemlich hohen Posten haben, wenn er in beiden Firmen ist«, sagte Janet. »Du meine Güte! Wie heißt er denn wohl richtig? Charlie Frechdachs! Ich möchte wissen, warum er so genannt wird!«

»Wahrscheinlich, weil er frech ist und ziemlich unverschämt«, erwiderte Peter. »Warum denn sonst? Wenn Hammond und Dalling nur nicht so weit weg wären! Dann könnten wir hingehen und auskundschaften, ob einer dort Charlie Frechdachs genannt wird.«

»Es ist furchtbar weit zu ihnen hin«, sagte Jack, nachdem er sich die Adressen noch einmal angesehen hatte. »Hm, wir sind ja sehr schlau vorgegangen, aber sehr viel weiter sind wir eigentlich nicht gekommen. Wir wissen jetzt, dass Dalling und Hammond zwei Firmen sind, die mit Blei zu tun haben, aber das ist auch alles.«

»Ja, sehr weit kommen wir damit nicht«, sagte Peter und klappte das Telefonbuch zu. »Wir müssen noch ein bisschen schärfer nachdenken. Kommt, wir kaufen uns ein paar Bonbons. Wenn ich Sahnekaramellen lutsche, kann ich immer viel besser denken!«

Ein Spiel – und ein Geistesblitz

Noch ein Tag verging und dann war wieder Sonnabend. Ein Treffen wurde für den Morgen angesetzt, aber keiner von ihnen hatte viel vorzubringen. Nach der Aufregung des letzten Treffens war dieses sogar recht langweilig. Die sieben saßen in dem Schuppen und aßen die Plätzchen, die Jacks Mutter gestiftet hatte, und Lump hielt wie üblich an der Tür Wache.

Draußen regnete es. Die sieben blickten verdrießlich zum Fenster hinaus.

»Kein Wetter für einen Spaziergang oder zum Fußballspielen«, meinte Peter. »Da bleiben wir lieber hier im Schuppen und spielen irgendwas – was meint ihr?«

»Hol doch deine Eisenbahn, Peter«, sagte Janet. »Und ich hole den Bauernhof. Dann bauen wir die Schienen zwischen den kleinen Bäumen und den Schuppen und Scheunen auf und es sieht aus wie eine richtige Landschaft. Wir haben doch ganze Berge von Bauernhofteilen!«

»O ja, das machen wir!«, rief Pam. »Dein Bauernhof ist wunderbar. Es ist der schönste und größte, den ich je gesehen habe. Hol ihn, ja? Wir Mädchen stellen ihn auf und die Jungen können in der Zeit die Eisenbahn zusammenbauen.«

»Ja! Das ist eine klasse Idee für so einen verregneten Morgen«, sagte Jack hocherfreut. »Du, Peter, übrigens hat Susi den festen Verdacht, dass bei uns etwas im Gange ist. Sie liegt mir dauernd in den Ohren und will wissen, ob an dem Abend in Tiggers Scheune irgendwas passiert ist.«

»Sag ihr einfach, sie soll den Mund halten«, riet Peter ihm. »Lump, du brauchst jetzt die Tür nicht mehr zu bewachen. Du kannst herkommen und mitmachen. Das Treffen ist zu Ende.«

Das gefiel Lump. Er sprang um sie herum und wedelte mit dem Schwanz. Peter holte seine Eisenbahn und Janet und Pam brachten den großen Bauernhof. Er enthielt alles, was man sich nur denken konnte: die Bauersleute, Bäume, Zäune, Tröge und Ställe!

Alle machten sich ans Aufbauen. Die Jungen setzten die Schienen zusammen und die Mädchen legten eine Landschaft an mit Bäumen, Tieren und Scheunen.

Plötzlich blickte Peter zum Fenster auf. Er hatte gemerkt, dass sich da etwas bewegt hatte. Nun sah er ein Gesicht hinter der Scheibe, und er sprang mit solch einem wilden Schrei hoch, dass die anderen erschrocken zusammenfuhren.

»Jeff! Er spioniert für die ›Fabelhaften Fünf‹! Fass ihn, Lump!«

Aber Jeff hatte schon die Flucht ergriffen, und selbst wenn Lump ihn erwischt hätte, wäre nichts passiert, denn der Spaniel kannte Jeff und konnte ihn gut leiden.

»Es ist doch ganz gleich, ob Jeff reinguckt oder nicht«, sagte Janet. »Er sieht weiter nichts, als dass wir hier friedlich spielen! Lass ihn doch im Regen stehen und zugucken, wenn es ihm Spaß macht!«

Schließlich war die Schienenstrecke fertig aufgebaut. Die drei prachtvollen Lokomotiven zum Aufziehen wurden vor ihre Wagenreihe gespannt: zwei Personenzüge und ein Güterzug.

»Ich lenke einen Zug, du kannst einen anderen Zug haben, Colin, und du kannst den dritten nehmen, Jack«, sagte Peter. »Janet, du übernimmst die Signale; das kannst du gut. Und du, Georg, du setzt dich an die Weichen. Es darf keinen Unfall geben. Wenn es so aussieht, als würden zwei zusammenstoßen, kannst du immer schnell einen Zug auf ein anderes Gleis leiten.«

»Gut, ja, ich nehme die Weichen«, sagte Georg erfreut. »Ich stelle gern die Weichen. Ich seh es so gern, wenn ein Zug von der Hauptstrecke auf ein Nebengleis gelenkt wird.«

Die Lokomotiven wurden aufgezogen und losgelassen. Sie flitzten auf dem Schuppenboden herum, und Georg leitete sie geschickt von einer Strecke zur anderen, wenn es nach einem Zusammenstoß aussah.

Und auf einmal setzte Janet sich steil auf und sagte ganz laut: »Leute, ich hab's!«

Die anderen sahen sie an.

»Was ist los?«, fragte Peter. »Du hast *was*? Du siehst aus, als ob du gleich platzen würdest.«

»Weichen!«, rief Janet aufgeregt. »Weichen!« Und sie fuchtelte mit der Hand und zeigte auf die Stelle, an der Georg hockte und die Züge von einer Strecke auf die andere lenkte. »Ach, Peter! Stell dich nicht so dumm an! Erinnerst du dich nicht? Diese Männer in Tiggers Scheune, die haben von ›weich‹ geredet. Ich wette, die haben nicht ›weich‹ gesagt, sondern ›Weiche‹. Jack konnte es ja nicht genau verstehen. Weichen haben sie gemeint – eine Weiche auf irgendeiner Eisenbahnstrecke!«

Einen Augenblick lang herrschte Stille. Dann redeten alle gleichzeitig los. »Ja! Das könnte sein! Warum haben wir nicht schon längst daran gedacht! Natürlich! Eine Weiche!«

Sofort wurde das Spiel abgebrochen und es begann eine eifrige Besprechung.

»Larry besorgt das ›Rumwerfen‹ – das steht auf dem Zettel. Ist doch klar, er soll die Weiche herumwerfen. Und warum soll eine Weiche herumgeworfen werden? Weil sie einen Zug auf ein anderes Gleis lenken wollen.«

»Ja, einen Zug, der etwas befördert, das sie stehlen wollen – Blei wahrscheinlich!«

»Dann ist es ein Güterzug. In einem der Waggons muss das Blei sein, das sie stehlen wollen!«

»Die Plane! Damit könnte das Blei zugedeckt sein. Erinnert ihr euch: Sie soll an einer Ecke mit weißer Farbe markiert werden, damit die Männer den richtigen Waggon finden.«

»Ja! Dann brauchten sie nicht so viel Zeit, um in jeden einzelnen Waggon zu gucken. Manchmal hat ein Güterzug dreißig oder vierzig Wagen. Die weiße Farbe an der Plane würde ihnen sofort verraten, welcher Waggon der richtige ist!«

»Wuff«, machte Lump. Er war nicht weniger aufgeregt als die Kinder.

Peter drehte sich zu ihm um. »He, Lump, auf Posten an die Tür mit dir, alter Knabe!«, sagte er. »Das Treffen hat wieder angefangen! Auf Posten!«

Lump fasste Posten. In plötzlicher heller Aufregung rückte die *Schwarze Sieben* näher zusammen. Man denke doch nur: Ein einziges Wort, noch dazu ein ganz einfaches, hatte ihre Hirnzellen in Gang gesetzt und sie sofort auf die richtige Spur gebracht!

»Du bist wirklich ein schlaues Mädchen«, sagte Jack und Janet strahlte.

»Ach, es hätte jedem anderen auch einfallen können«, sagte sie. »Ich kam ganz einfach darauf, weil du dauernd ›Weiche‹ gesagt hast. Du, Peter, was meinst du, wo diese Weiche ist?«

Peter verfolgte gerade einen anderen Gedanken in seinem Kopf. »Mir ist noch etwas eingefallen«, sagte er mit leuchtenden Augen. »Diese Zahlen, die die Männer immer wieder erwähnten. Sechs-zwei, sieben-zehn. Könnten das nicht Ankunfts- oder Abfahrtszeiten von Zügen sein?«

»Ja, natürlich! Mein Vater sagt ja auch immer, er kommt mit dem ›sechs-zwanzig‹ nach Hause oder mit dem ›sieben-zwölf‹!«, rief Pam. »Sechs-zwei – es muss einen Zug geben, der irgendwo um sechs Uhr zwei abfährt. Oder dann irgendwo ankommt.«

»Und sie brauchen eine neblige oder diesige dunkle Nacht, weil es dann leichter ist, den Zug auf irgendein Nebengleis zu leiten«, sagte Jack. »Ein nebliger Abend wäre prächtig für sie. Der Lokomotivführer würde dann nicht merken, dass sein Zug auf ein falsches Gleis geleitet worden ist. Er würde weiterfahren bis zum nächsten Signal – und da würden die Männer warten und das Blei aus dem markierten Waggon ausladen …«

»Und der Lokomotivführer und der Heizer und sogar der Schaffner, die wären alle so überrascht, dass die Gauner leicht mit ihnen fertig werden würden«, sagte Colin.

Darauf wurde es eine Weile still, denn plötzlich wurde der *Schwarzen Sieben* klar, dass eine ziemlich große Bande an diesem Raubüberfall beteiligt sein musste.

»Wir sollten irgendwo Bescheid sagen«, meinte Pam.

Peter schüttelte den Kopf. »Nein. Wir wollen noch mehr herausfinden. Das können wir ganz bestimmt! Zum Beispiel besorgen wir uns gleich einen Fahrplan und sehen nach, ob es einen Zug gibt, der irgendwo um zwei Minuten nach sechs ankommt – sechs-zwei.«

»Hat keinen Zweck«, sagte Jack sofort. »Güterzüge stehen nicht im Fahrplan.«

»Oje, das habe ich vergessen«, sagte Peter. »Hm, wie wäre es denn, wenn zwei von uns Jungen zum Bahnhof gingen und sich nach Güterzügen erkundigten – wann sie ankommen und woher? Wir wissen, wo die Firmen Dalling und Hammond sind. In Petlington, nicht wahr?«

»Ja«, antwortete Janet. »Das ist eine gute Idee, Peter, zum Bahnhof zu gehen. Es hat aufgehört zu regnen. Warum geht ihr nicht jetzt sofort?«

»Machen wir«, sagte Peter. »Du kommst mit, Colin. Jack und Georg haben schon mächtig viel Aufregendes mitgemacht, aber du noch nicht. Komm mit mir zum Bahnhof.«

Damit machten sich die beiden Jungen auf den Weg und konnten es kaum verbergen, wie aufgeregt und gespannt sie waren. Jetzt waren sie wirklich auf einer viel versprechenden Fährte!

Eine Überraschung

Als Peter und Colin auf dem Bahnhof eintrafen, lief gerade ein Zug ein. Sie guckten zu. Zwei Gepäckträger warteten auf dem Bahnsteig und bei ihnen stand ein Mann in einem schmutzigen blauen Overall. Er hatte auf der Strecke gearbeitet und war auf den Bahnsteig gesprungen, als der Zug herangerumpelt kam. Die Jungen warteten, bis der Zug wieder abgefahren war. Dann gingen sie auf einen der Gepäckträger zu.

»Kommen hier auch Güterzüge durch?«, fragte Peter. »Denen gucken wir so gern zu.«

»In einer Viertelstunde kommt einer«, antwortete der Gepäckträger.

»Ist der sehr lang?«, fragte Colin. »Ich habe einmal siebenundvierzig Wagen hinter einer Güterzuglokomotive gezählt.«

»Den längsten kriegen wir hier am Abend rein«, sagte der Gepäckträger. »Wie viele Waggons hat der in der Regel – was meinst du, Zeb?«

Der Mann in dem schmutzigen Overall fuhr sich mit der schwarzen Hand über das Gesicht und schob die Mütze ins Genick. »Hm, vielleicht dreißig, vielleicht auch vierzig – kommt drauf an.«

Die Jungen sahen einander an. *Zeb!* Der Gepäckträger hatte zu dem Streckenarbeiter Zeb gesagt! Konnte es sein ... war es möglich, dass dies derselbe Zeb war, der sich mit den beiden anderen Männern in Tiggers Scheune getroffen hatte?

Sie sahen ihn genauer an. Na, viel her machte er nicht: ein magerer Kerl mit einem Dutzendgesicht, sehr schmutzig und mit viel zu langem Haar. Zeb! Der Name war so ungewöhnlich, dass die beiden Jungen überzeugt waren: Sie standen demselben Zeb von Angesicht zu Angesicht gegenüber, der oben in dem verfallenen alten Haus gewesen war.

»Eh, um welche Zeit kommt dieser Güterzug am Abend?«, fragte Peter, als er endlich die Sprache wieder gefunden hatte.

»Gegen sechs Uhr abends, zweimal die Woche«, antwortete Zeb. »Sechs-zwei soll er eigentlich hier sein, aber manchmal hat er Verspätung.«

»Wo kommt er her?«, fragte Colin.

»Von einer ganzen Menge Stationen«, sagte Zeb. »Turleih, Idleston, Hayley, Garton, Petlington …«

»Petlington!«, entfuhr es Colin, bevor er sich bremsen konnte. In Petlington waren die Firmen Dalling und Hammond. Peter warf ihm einen wütenden Blick zu, und Colin beeilte sich den Fehler zu überdecken, den er begangen hatte: die Aufmerksamkeit auf den Ort zu lenken, für den sie sich so sehr interessierten.

»Petlington, ja, und weiter?«, fragte er.

Der Streckenarbeiter nannte noch eine Reihe weiterer Namen und die beiden Jungen hörten ihm zu. Aber sie hatten schon eine ganze Menge von dem erfahren, was sie wissen wollten.

Der Sechs-zwei war ein Güterzug, der zweimal die Woche fuhr – und Petlington gehörte zu den Orten, von denen er herkam, wahrscheinlich mit einem oder zwei Waggons voll Bleiwaren von Hammond und Dalling, die dort angehängt wurden! Bleirohre? Bleibleche? Die beiden Jungen wussten es nicht und es spielte auch eigentlich keine Rolle. Es war jedenfalls Blei, wertvolles Blei, davon waren sie überzeugt. Blei, das von Charlie Frechdachs im Auftrag seiner Betriebe abgeschickt wurde.

»Wir haben heute Morgen mit meiner Eisenbahn gespielt«, sagte Peter, dem plötzlich einfiel, dass er auf diese Weise gut nach Weichen und Umleitungen fragen konnte.

»Die ist prima. Sie hat Weichen, mit denen ich meine Züge von einer Strecke auf die andere umleiten kann. Und die klappen tipptopp, so gut wie eine richtige Weiche.«

»Ah, wenn ihr was über Weichen wissen wollt, dann müsst ihr meinen Kumpel fragen«, sagte Zeb. »Der bedient eine ganze Menge. Er lenkt damit die Güterzüge von einer Seite der Strecke auf die andere. Sie müssen nämlich manchmal auf Nebengleise umgeleitet werden.«

»Legt er den Sechs-zwei auf ein Nebengleis um oder fährt der durch auf der Hauptstrecke?«, fragte Peter.

»Durch, ohne anzuhalten«, sagte Zeb. »Nein, Larry leitet nur die Güterzüge um, die in der Nähe ausgeladen werden. Der Sechs-zwei fährt nach Swindon durch. Ihr könnt ihn heute Abend sehen, wenn ihr herkommt.«

Peter hatte Colin einen raschen Blick zugeworfen, um zu sehen, ob ihm der Name von Zebs Kumpel aufgefallen war – Larry! Zeb und Larry – was für ein gewaltiges Glück sie hatten!

Colin zwinkerte Peter blitzschnell zu. Oje, er hatte es gemerkt! Die Aufregung begann ihm ins Gesicht zu steigen.

»Ich wollte, wir könnten mal zugucken, wenn Larry die Weichen stellt«, sagte Peter. »Das stelle ich mir interessant vor. Bestimmt sind die Weichen ganz anders als die bei meiner Eisenbahn zu Hause.«

Zeb lachte. »Ganz bestimmt! Bei unseren muss man sich mächtig anstrengen beim Rumwerfen! Habt ihr Lust, mit mir die Strecke abzugehen? Dann zeige ich euch eine Weiche, mit der Züge auf ein Anschlussgleis umgelegt werden. Es ist ungefähr eine Meile bis dahin.«

Peter schaute auf seine Armbanduhr. Er würde sehr viel zu spät zum Mittagessen kommen, aber dies hier war wirklich wichtig. Vielleicht würden sie jetzt genau die Weiche sehen, die Larry an einem finsteren, nebligen Abend herumwerfen sollte!

»Pass auf, dass die Jungen nicht unter einen Zug kommen«, schärfte einer von den Gepäckträgern Zeb ein, als der Streckenwärter sich mit den beiden am Gleis entlang auf den Weg machte.

Die beiden Jungen warfen ihm einen verächtlichen Blick zu. Als ob sie nicht selber merken konnten, wenn ein Zug kam!

Der Weg die Strecke hinunter schien ihnen recht lang. Zeb hatte nicht weit von den Weichen entfernt eine Arbeit zu erledigen. Er ließ sein Werkzeug neben dem Gleis liegen, das er reparieren sollte, und ging mit den beiden Jungen zu der Stelle, an der eine ganze Reihe Gleise einander kreuzten. Er erklärte ihnen, wie die Weichen funktionierten.

»Man zieht an diesem Hebel hier für dieses Gleis, seht ihr? Da – die Schienen bewegen sich und führen nun zu dem Gleis nebenan, anstatt den Zug auf dieser Strecke weiterfahren zu lassen.«

Colin und Peter kippten ein paar Hebel ein bisschen hin und her.

»Kommt der Sechs-zwei auf diesem Gleis?«, fragte Peter unschuldsvoll.

»Ja. Aber er fährt gerade durch. Er wird nicht nach der einen oder anderen Seite umgelegt«, sagte Zeb. »Er hat nie

Güter für unseren Bezirk und fährt weiter nach Swindon. Dass ihr mir aber nie allein auf der Bahnstrecke herumspielt, ihr beiden, hört ihr? Sonst hat euch gleich die Polizei beim Wickel!«

»Tun wir bestimmt nicht«, versprachen die beiden Jungen.

»So, ich muss mich jetzt an die Arbeit machen«, sagte Zeb, aber es klang nicht so, als ob er große Lust dazu hätte. »Macht's gut. Hoffentlich habe ich euch erklären können, was ihr wissen wolltet.«

Das hatte er wahrhaftig getan – und weit, weit mehr, als er selber ahnte. Colin und Peter konnten es kaum fassen, dass sie so viel Glück gehabt hatten. Sie stapften zu einer Seite der Strecke hinüber und da blieben sie eine Weile zögernd stehen.

»Wir sollten eigentlich hingehen und die Anschlussstrecke auskundschaften«, sagte Peter. »Aber es ist schon so entsetzlich spät. Verflixt, wir haben vergessen zu fragen, an welchen Abenden der Güterzug aus Petlington fährt!«

»Ich schlage vor, wir gehen jetzt nach Hause und kommen heute Nachmittag zurück«, sagte Colin. »Ich habe furchtbaren Hunger. Wir können heute Nachmittag herausfinden, an welchen Tagen der Güterzug durchkommt, und dann können wir auch gleich das Anschlussgleis auskundschaften.«

Sie wechselten von der Eisenbahnstrecke auf die Straße über. So aufgeregt waren beide, dass sie immerzu reden mussten. »Dass Zeb uns da begegnen muss! Zeb höchstpersönlich! Und Larry, sagt er, ist der Weichensteller!

Mensch, ist doch alles klarer als klar. Großartig, dass Janet heute Morgen der Geistesblitz mit den Weichen gekommen ist! Haben wir ein Glück, Menschenskind!«

»Wir gehen heute Nachmittag so früh wie möglich noch einmal hin«, sagte Peter. »Ich bin dafür, dass wir alle zusammen losziehen. He, jetzt wird's aufregend!«

Ein aufregender Nachmittag

Peters Mutter und Colins Mutter waren beide sehr böse, als die Jungen so spät zum Mittagessen nach Hause kamen. Janet konnte es kaum erwarten, bis Peter mit dem Essen fertig war, so neugierig war sie. Er blickte sie mit einem abweisenden Stirnrunzeln an, während er seinen heißen Fleischeintopf hinunterschlang, weil er Angst hatte, sie könnte peinliche Fragen stellen.

Nach dem ersten Teller schickte er sie los, die *Schwarze Sieben* zusammenzurufen, und in kürzester Zeit waren alle Mitglieder zur Stelle. Nur Colin kam später, da er mit dem Mittagessen noch nicht fertig war.

Peter erzählte ihnen alles und sie hörten voller Aufregung zu. Mensch, das war eine Sache! Da begegneten sie Zeb und brachten ihn dazu, dass er ihnen fast alles erzählte, was sie wissen wollten!

»Der hatte keine Ahnung, warum wir so viele Fragen stellten«, sagte Peter grinsend. »Und an welchen Tagen der Güterzug hier durchkommt, das kriegen wir auch noch heraus.«

Sie machten sich auf den Weg. Zuerst gingen sie zum Bahnhof und suchten den Gepäckträger. Er hatte weiter nichts zu tun, und es machte ihm Spaß, sich mit ihnen zu unterhalten. Er erzählte ihnen dieses und jenes und allerlei Geschichten über die Eisenbahn und ganz sachte lenkte Peter das Gespräch auf Güterzüge.

»Da kommt einer«, sagte der Gepäckträger. »Der hält allerdings nicht auf dem Bahnhof – steigt nämlich kein Reisender aus oder ein. Wollt ihr die Wagen zählen? Es ist kein sehr langer Zug.«

Die meisten Wagen waren offen und mit den verschiedensten Gütern beladen: Kohlen, Ziegeln, Maschinen, Kisten. Langsam rumpelte der Zug vorbei und die sieben zählten zweiunddreißig Wagen.

»Ich würde lieber den Güterzug sehen, von dem Zeb uns erzählt hat«, sagte Peter zu dem Gepäckträger. »Den, der von Petlington und noch weiter weg kommt – den Sechszwei, glaube ich, hat er gesagt. Der ist manchmal sehr lang, ja?«

»O ja. Dann müsst ihr dienstags oder freitags kommen«, sagte der Gepäckträger. »Aber um die Zeit ist es dunkel und viel werdet ihr daher nicht sehen. Da, der Schaffner von dem letzten Zug winkt euch zu!«

Sie winkten zurück. Der Güterzug wurde immer kleiner in der Ferne und verschwand dann ganz.

»Dass aus diesen offenen Wagen nichts gestohlen wird!«, sagte Peter unschuldsvoll.

»Oh, es wird gestohlen«, sagte der Gepäckträger. »In letzter Zeit ist eine Menge geklaut worden – ja, sogar ein Auto aus einem Waggon, ob ihr's glaubt oder nicht. Irgendeine Bande soll's sein, wird gesagt. Mir schleierhaft, wie die das machen! So, Kinder, ich muss mich jetzt um meine Arbeit kümmern. Wiedersehen.«

Die sieben zogen ab. Sie gingen neben der Strecke her, bis sie an die Stelle kamen, wo Zeb Peter und Colin am Morgen die Weichen erklärt hatte.

Peter zeigte auf die Weichen. »Hier wollen sie den Güterzug auf ein Nebengleis umleiten«, sagte er. »Wenn wir nur wüssten, an welchem Abend! Ich nehme an, dass es bald ist, weil ja auf dem Zettel, den Georg hat, stand, alles sei fix und fertig vorbereitet.«

Neben den Schwellen gingen sie dem Nebengleis nach. Das Gleis schlängelte sich ganz allein abseits durchs Gelände und endete schließlich in einem kleinen Verladebahnhof, der im Augenblick vollkommen verlassen dazuliegen schien. Ein großes Eisentor führte in den Güterhof. Es stand offen, denn hier fuhren die Lastwagen ein und aus mit den Gütern, die man aus Waggons auf dem Nebengleis auslud.

Aber im Augenblick standen nur ein paar leere Güterwagen auf den Schienen der kleinen Anschlussbahn und niemand war weit und breit zu sehen. Offensichtlich erwartete man auf lange Zeit keinen Güterzug.

»Das ist hier eine ziemlich einsame Ecke«, meinte Colin. »Wenn man einen Güterzug hierher umleitet, hört und sieht es kein Mensch – außer denen natürlich, die auf ihn warten! Ich wette, eines Abends fährt ein Laster hier herein, um Bleibleche oder Rohre oder was auch sonst aus einem Güterwagen mit weißen Strichen auf der Plane abzutransportieren!«

»Ich schlage vor, wir kommen auf jeden Fall Dienstagabend hierher«, sagte Colin plötzlich, »wenn es vielleicht auch nicht der Abend ist, an dem sie den Diebstahl geplant haben – sicher ist sicher. Nicht die Mädchen. Nur wir Jungen. Wenn wir dann irgendwas beobachten, rufen wir die Polizei an. Und bevor Zeb und Larry und die anderen beiden mit dem Laden fertig sind, ist die Polizei hier.«

»Ich weiß nicht. Ich meine, wir sollten eigentlich dem Inspektor Bescheid sagen, den wir so gut leiden können«, sagte Peter. »Wir wissen doch jetzt genug. Wir wissen eigentlich alles – nur nicht den Zeitpunkt.«

Sie standen da und überlegten und redeten hin und her, und keiner von ihnen sah, dass ein stämmiger Polizist zum Tor hereinspaziert kam. Erstaunt blieb er stehen, als er die Kinder erblickte, und schaute abwartend zu ihnen hin.

»Ich möchte gern die Weichen sehen«, sagte Georg, dem das lange Hin und Her langweilig wurde. »Zeig sie mir, Peter, ja? Wir gucken, ob Züge kommen.«

Peter hatte ganz vergessen, dass es Kindern verboten war, die Gleise der Eisenbahn zu betreten. Zwischen den Schienen, auf den Schwellen, machte er sich an der Spitze der anderen die Anschlussbahn entlang zu den Weichen auf den Weg.

Eine laute Stimme ließ sie zusammenfahren. »He, ihr da! Was soll das denn heißen – mitten auf den Gleisen, was! Kommt mal alle her! Ich habe ein Wörtchen mit euch zu reden!«

»Komm, wir laufen weg!«, sagte Pam voller Angst. »Sonst kriegt er uns!«

»Nein. Wir können nicht einfach weglaufen«, sagte Peter. »Ich habe vergessen, dass wir nicht auf den Schwellen laufen dürfen. Wir gehen jetzt zurück und entschuldigen uns, und wenn wir sagen, dass es uns Leid tut, wird uns schon nichts passieren.«

Also führte er seine *Schwarze Sieben* in den Güterhof zurück. Mit finsterem Blick kam der Polizist auf sie zu.

»Nun hört mal zu, ihr!«, sagte er. »In letzter Zeit machen sich viel zu viele Kinder auf den Bahngleisen zu schaffen! Ich glaube, ich werde euch aufschreiben müssen, allesamt, mit Namen und Adressen, und mich bei euren Eltern über euch beschweren.«

»Aber wir haben nichts getan«, sagte Peter aufgebracht. »Es tut uns Leid, dass wir auf den Gleisen gegangen sind, aber wir haben wirklich nichts Böses getan, bestimmt nicht!«

»Was habt ihr denn dann in diesem Güterhof verloren?«, fragte der Polizist. »Irgendwas führt ihr im Schilde, da bin ich sicher.«

»Das ist nicht wahr«, sagte Peter.

»So, und warum seid ihr dann hergekommen, he?«, fragte der Polizist. »Na, los! Heraus mit der Sprache!«

»Sag es doch«, jammerte Barbara weinerlich.

Sofort wurde der Polizist misstrauisch. Ah! Es gab tatsächlich etwas zu erzählen. »Oho! Ihr hattet also etwas vor, was?«, meinte er. »Nun mal heraus damit oder ich schreibe eure Namen und Adressen auf!«

Peter war nicht zu bewegen, diesem übel gelaunten Menschen irgendetwas auf die Nase zu binden. Erstens hätte er die seltsame Geschichte der *Schwarzen Sieben* nicht geglaubt, und zweitens hatte Peter nicht die Absicht, all seine Geheimnisse zu verraten. Nein, wenn er irgendjemandem etwas davon erzählte, dann seinem Vater oder dem Inspektor, den sie alle so gern mochten.

Es endete damit, dass der dicke Polizist einen Wutanfall bekam und sich von jedem Einzelnen Namen und Adresse aufschrieb. Es war wirklich zum Auswachsen! Da waren sie hierher gekommen, um einer Bande schlauer Diebe das Handwerk zu legen – und nun schrieb man sie auf wegen unbefugten Betretens der Bahngleise!

»Meinem Vater rutscht die Hand aus, wenn er das hört, und zwar mehrmals«, sagte Colin missmutig. »Du, Peter, komm, wir erzählen unserem netten Inspektor alles, bevor der Polizist zu unseren Eltern geht!«

Aber Peter war zornig und störrisch. »Nein«, sagte er. »Diese Sache erledigen wir selber, und die Polizei kann im letzten Augenblick dazukommen, wenn wir alles so weit haben – ja, der scheußliche Polizist auch, der unsere Namen aufgeschrieben hat. Stellt euch mal sein Gesicht vor, wenn er eines Abends zu diesem Verladebahnhof kommen muss, um Diebe zu verhaften, die *wir* aufgespürt haben, nicht er! Ha! Auf *den* Triumph freue ich mich jetzt schon.«

Endlich Dienstagabend

Am nächsten Morgen hielten sie ein Treffen ab, um alles zu besprechen und vorzubereiten. Es war ein richtiger Novembertag, diesig und trüb.

»Mein Vater sagt, es gibt demnächst Nebel«, berichtete Peter. »Dann haben die Männer am Dienstag Glück. Ich bin sicher, der Lokomotivführer wird nicht mal ahnen, dass sein Zug auf dem Anschlussgleis ist, wenn die Weichen ihn dahin schicken. Er wird überhaupt nichts sehen können.«

»Ich wollte, der Dienstag würde sich beeilen und endlich kommen«, sagte Jack. »Susi ahnt, dass sich was tut, und ihre ›Fabelhaften Fünf‹ würden sich ein Bein ausreißen, wenn sie wüssten, *was* es ist! Die wird toben, wenn sie erfährt, dass es ihr alberner Streich war, der uns auf die Fährte gebracht hat, was?«

»Ja. Damit werden die ›Fabelhaften Fünf‹ wohl erledigt sein«, meinte Colin. »Du, Peter, guck mal her. Ich habe mir eine Eisenbahnkarte besorgt. Mein Vater hatte eine. Die Strecke von Petlington ist eingezeichnet und sämtliche Weichen. Jack, meinst du, es kann so eine Karte gewesen sein, die sich Zeb und Larry und der andere Mann in Tiggers Scheune angeguckt haben?«

»Ja, kann sehr gut sein«, antwortete Jack. »Bestimmt haben die Männer dasselbe Spiel schon öfter gespielt. Sie kennen sich aus auf der Eisenbahn! Mensch, wenn doch schon Dienstag wäre!«

Endlich kam der Dienstag. Keiner von der *Schwarzen Sieben* konnte an diesem Tag in der Schule etwas Rechtes leisten. Immerzu mussten sie alle an den kommenden Abend denken. Wohl hundertmal schaute Peter am Morgen zum Fenster hinaus.

»Vati hat Recht gehabt«, dachte er. »Der Nebel ist gefallen – ein richtiger Novembernebel. Und heute Abend wird er so dick sein, dass sie auf der Strecke die Nebelsignale auslegen. Wir werden sie knallen hören.«

Die vier Jungen hatten verabredet, dass sie sich nach dem Tee treffen würden. Peter hielt es für gut, Lump mitzunehmen, falls irgendetwas schief gehen sollte.

Alle hatten ihre Taschenlampen bei sich. Peter fühlte in seiner Hosentasche nach, ob er vier Pennys hatte, um zu gegebener Zeit die Polizei anrufen zu können. Er zitterte vor Aufregung.

Fast hätte er nicht mitgehen dürfen, denn seine Mutter sah, wie er seinen Mantel anzog, und war entsetzt, dass er in den Nebel hinauswollte.

»Du verirrst dich«, sagte sie. »Geh lieber nicht.«

»Ich bin mit den anderen verabredet«, erwiderte Peter verzweifelt. »Ich *muss* gehen, Mutti.«

»Ich kann dich wirklich nicht gehen lassen«, sagte seine Mutter. »Hm, höchstens, wenn du Lump mitnimmst. Der findet den Weg nach Hause, wenn du dich verirrst.«

»Oh, aber natürlich nehme ich Lump mit«, sagte Peter und schlüpfte mit Lump zur Tür hinaus. Die anderen warteten schon am Tor auf ihn und zusammen brachen sie auf. Der dichte Nebel brodelte um sie her und ihre Taschenlampen durchdrangen ihn kaum. Dann hörten sie das Knallen der Nebelschüsse auf der Eisenbahnstrecke.

»Was meint ihr, wie Zeb und die anderen sich über den Nebel freuen!«, sagte Colin. »Da – da ist der Zaun, der an den Gleisen entlangläuft. Wenn wir uns an ihn halten, können wir nicht falsch gehen.«

Etwa fünf Minuten vor sechs kamen sie auf dem Verladebahnhof an und gingen vorsichtig zu dem Tor hinein, das weit offen stand. Alle vier trugen Schuhe mit Kreppsohlen, und sie knipsten ihre Taschenlampen aus, als sie leise in den Güterhof schlichen.

Sie hörten einen Lastwagenmotor laufen und blieben stehen. Stimmen drangen an ihre Ohren, gedämpfte Stimmen, und dann sahen sie eine Laterne, die jemand in der Hand hielt.

»Die Bande ist da – und der Laster, den Charlie Frechdachs geschickt hat!«, flüsterte Jack. »Da drüben kann man ihn gerade eben sehen. Ich wette, es steht ›Hammond‹ oder ›Dalling‹ drauf!«

»Also tatsächlich an diesem Dienstag«, sagte Colin erleichtert. »Ich wäre auch nicht gern umsonst den weiten Weg hierher gekommen bei dem Nebel.«

Bum! Bum-bum!

Mehr und mehr Nebelsignale knallten los. Die Jungen wussten sofort, wann ein Zug über die ein gutes Stück entfernte Hauptstrecke rollte. Dann explodierte nämlich plötzlich einer der Nebelschüsse, die auf die Schienen gelegt wurden, um den Lokomotivführern einzuschärfen, dass sie nach Lichtsignalen Ausschau halten oder langsam fahren sollten.

»Wie spät ist es jetzt?«, flüsterte Georg.

»Gleich halb sieben«, flüsterte Peter zurück. »Der Sechs-zwei hat Verspätung wegen des Nebels. Er kann jetzt jeden Augenblick kommen – oder vielleicht hat er auch sehr große Verspätung.«

Peng! Nach wenigen Minuten knallte wieder ein Nebelschuss. War er vielleicht unter den Rädern des verspäteten Güterzuges explodiert?

Ganz genau. Der Lokomotivführer steckte den Kopf zum Fenster des Führerstandes hinaus und hielt nach dem Signal Ausschau. Es leuchtete grün; er konnte also durchfahren. Langsam rollte er weiter, ohne zu wissen, dass er schon auf dem falschen Gleis war!

In der Dunkelheit und vom Nebel verborgen, hockte Larry unten neben dem Weichenhebel; er hatte den Güterzug behutsam auf die kleine Anschlussstrecke geleitet! Der Güterzug verließ die Hauptstrecke. An diesem Abend würde er nicht am Bahnhof durchfahren, er würde nur in den kleinen Güterhof rollen, wo schweigende Männer auf ihn warteten! Larry kippte den Hebel wieder zurück, damit der nächste Zug auf der Hauptstrecke weiterfuhr. Er konnte nicht ein halbes Dutzend Züge gleichzeitig auf der Anschlussbahn gebrauchen. Dann lief er hinter dem langsam dahinkriechenden Zug her, das Gleis hinunter.

»Er kommt! Ich höre ihn!«, flüsterte Peter plötzlich und packte Jack beim Arm. »Kommt, wir gehen da zu dem Schuppen hinüber – da sehen wir alles, ohne dass uns jemand sieht. Los!«

Der Güterzug kam näher. Eine Lampe schien wie ein rotes Auge durch den Nebel. Was würde nun geschehen?

Im Güterbahnhof

Ein Nebelsignal explodierte genau an der Stelle, an der die Bande den Zug zum Halten bringen wollte – *Peng!* Sofort bremste die Lokomotive und die Wagen dahinter stießen polternd aufeinander. Zeb, Larry und vier weitere Männer beredeten sich hastig in der Nähe des Lastwagens. Die Jungen konnten jedes Wort verstehen.

»Wir sagen ihm jetzt, er sei auf der falschen Strecke – wir tun so, als wunderten wir uns sehr darüber, dass er hier aufgetaucht ist. Larry, sag du ihm, dass er am besten hier auf der Nebenstrecke bleibt, bis der Nebel steigt und er Anweisungen einholen und zurückfahren kann. Nimm ihn mit dahinten in den Schuppen und koch ihm einen Tee oder sonstwas. Und halt ihn da so lange fest, bis wir fertig sind.«

Die beiden anderen nickten.

Peter flüsterte Jack zu: »Sie wollen zu dem Lokomotivführer sagen, er sei aus Versehen auf dieses Nebengleis geraten, und ihn dann weglocken, damit er ihnen nicht im Weg ist – und den Heizer und den Schaffner wahrscheinlich auch. Zu einem Kampf wird es also nicht kommen.«

»Pst!«, sagte Jack. »Da, der Lokomotivführer springt runter. Er weiß nicht, wo er ist, nehme ich an.«

»He, Lokomotivführer, Sie sind auf dem Nebengleis!«, rief Larry, schwenkte eine Lampe und lief auf die Lokomotive zu. »Sie müssten doch eigentlich auf der Hauptstrecke sein und durch den Bahnhof fahren.«

»Ja, allerdings«, sagte der Lokomotivführer verdutzt. »Irgendwas an der Weiche hat wohl nicht gestimmt. Bin ich hier sicher, Kumpel?«

»So sicher wie nur was!«, rief Larry vergnügt zurück. »Machen Sie sich nur keine Sorgen. Sie sind auf dem Güterbahnhof. Hier stört Sie der Verkehr auf der Hauptstrecke nicht. Am besten rühren Sie sich nicht, bis Sie Anweisungen kriegen. Scheußlicher Nebel!«

»Gut, dass ich auf ein Nebengleis geraten bin, das kann man wohl sagen!«, meinte der Lokomotivführer. Er rief zu seinem Heizer hinauf: »Du, Fred! Wir sind auf dem Güterbahnhof. Was sagst du dazu?«

Fred sagte nicht viel, aber er hielt die Geschichte für sehr merkwürdig. In diesem Augenblick kam der Schaffner aus dem letzten Wagen nach vorn und gesellte sich zu ihnen. Auch ihm kam das Ganze sehr, sehr merkwürdig vor.

»Hat jemand Weichensalat gemacht«, knurrte er. »Jetzt sitzen wir hier die ganze Nacht fest und meine Frau wartet mit dem Abendessen auf mich!«

»Na, wenn der Nebel sich verzogen hat, bist du vielleicht zum Frühstück zu Hause«, tröstete der Lokomotivführer ihn.

Der Schaffner glaubte es nicht. Er schaute sehr verdrießlich drein, genau wie der Heizer.

»Nun kommt, Kameraden, wir gehen in den Schuppen«, sagte Larry. »Da steht ein Petroleumofen und wir machen Licht und trinken was Heißes. Macht euch mal keine Sorgen um eure neuen Anweisungen. Ich rufe für euch an.«

»Wer bist du?«, fragte der verdrießliche Schaffner.

»Wer, ich? Mir untersteht dieser Hof«, antwortete Larry

mit einer faustdicken Lüge. »Nur mal keine Sorge. Ihr könnt von Glück sagen, dass ihr auf dieses Nebengleis geraten seid. Ich wette, die Anweisung wird sein, dass ihr für die Nacht hier bleibt. Irgendwo werden wir schon eine Ecke zum Schlafen für euch finden.«

Sie verschwanden allesamt in dem Schuppen. Kurz darauf fiel Licht aus dem Fenster. Peter spähte mutig hinein und sah die vier Männer rund um einen Petroleumofen sitzen, auf dem ein Kessel mit Teewasser stand.

Dann ging alles bemerkenswert fix. Zeb flitzte am Zug entlang, um den Waggon zu suchen, der mit weißen Strichen auf der Plane markiert war. Der siebte war es, so verkündete er den anderen, als er zurückkam. »Wir fahren den Laster an den Waggon heran«, sagte er. »Zum Glück steht er gerade da, wo der Hof anfängt; also brauchen wir das Zeug nicht weit zu tragen. Gut, denn es ist mächtig schwer.«

Der Lastwagen sprang an und fuhr vorsichtig über den Hof zum anderen Ende. Da blieb er stehen, wahrscheinlich neben dem siebten Güterwagen. Lautlos rückten die vier Jungen durch den Nebel vor und schauten ein paar Minuten lang zu.

Beim Schein einer Eisenbahnerlampe knüpften die Männer die Plane los. Bald war sie ganz zurückgeschlagen. Jack sah an einer Ecke die weiße Farbe, mit der sie markiert war.

Dann begann ein Schieben und Wuchten und Keuchen, als die Männer sich an die Ladung heranmachten. Was hatte der Waggon geladen? Die Jungen konnten es nicht sehen.

»Bleibleche, nehme ich an«, flüsterte Colin. »Peter, wann

rufen wir bei der Polizei an? Meinst du nicht, wir tun es besser jetzt?«

»Ja«, flüsterte Peter zurück. »Kommt. Da drüben in dem kleinen Ziegelbau ist ein Telefon. Ich habe heute Nachmittag gesehen, dass Telefondrähte zu dem Schornstein auf dem Dach führen. Eins von den Fenstern steht einen Spalt offen. Da können wir rein. Wo ist Lump? Ah, da bist du ja. So, keinen Ton jetzt, hörst du, alter Freund?«

Lump hatte sich fabelhaft benommen. Er hatte kein einziges Mal gebellt, kein einziges Mal gejault oder gewinselt, obwohl ihn das, was an diesem Abend vor sich ging, sehr verwirrte. Er trabte neben Peter her, als die vier Jungen zum Telefon gingen.

Sie mussten an dem Lastwagen vorbei. Peter blieb ganz still stehen und horchte. Niemand saß in dem Laster. Die Männer waren immer noch beim Ausladen.

Zum Erstaunen der anderen drei sprang Peter plötzlich ins Führerhaus hinauf und gleich wieder herunter.

»Was machst du denn?«, flüsterte Jack.

»Ich habe den Zündschlüssel rausgezogen«, antwortete Peter aufgeregt. »Jetzt können sie mit dem Laster nicht wegfahren.«

»Klasse!«, sagten die anderen, hingerissen vor Bewunderung für so viel Fixigkeit. »Du bist wirklich schlau, Peter!«

Sie gingen zu dem kleinen Ziegelhaus. Die Tür war verschlossen, aber ein Fenster stand einen Spalt offen, ganz wie Peter gesagt hatte. Es ließ sich mit Leichtigkeit ganz öffnen. Peter stieg hinein und leuchtete den Raum mit seiner Taschenlampe rasch ab. Ah, da war das Telefon. Gut!

Er knipste seine Taschenlampe aus und nahm den Hörer ab. Er hörte die Stimme des Fräuleins vom Amt.

»Nummer, bitte?«

»Die Polizeiwache – schnell!«, sagte Peter.

Und zwei Sekunden später meldete sich eine andere Stimme. »Hier Polizeirevier.«

»Ist der Inspektor da?«, fragte Peter hastig. »Sagen Sie ihm bitte, hier ist Peter und ich muss ganz schnell mit ihm sprechen!«

Das seltsame Anliegen wurde dem Inspektor übermittelt, der zufällig im selben Raum war. Er kam sofort an den Apparat.

»Ja, ja? Peter wer? Ach du, Peter! Was gibt's?«

Peter erzählte es ihm. »Inspektor, ich kann Ihnen jetzt nicht alles ganz genau sagen, aber der Sechs-zwei-Güterzug ist von der Hauptstrecke auf ein Nebengleis umgeleitet worden – in die Nähe von Kepley, wo der Verladebahnhof liegt. Und eine Bande lädt gerade aus einem Waggon Blei in einen Lastwagen um. Ich glaube, ein Mann, den sie Charlie Frechdachs nennen, hat das Kommando.«

»Charlie Frechdachs! Char … woher kennst du den denn?«, rief der Inspektor maßlos erstaunt. »Gut … Schluss jetzt, wir verschwenden nur Zeit. Ich schicke meine Männer sofort dorthin. Pass auf, wenn sie kommen – und passt auch auf euch selber auf. Die Bande ist gefährlich. Charlie Frechdachs … das ist doch wahrhaftig … Donnerwetter!«

Eine Ewigkeit schien zu verstreichen und kein Polizeiauto kam in Sicht. Die vier Jungen waren so aufgeregt, dass sie nicht stillhalten konnten. Peter musste unbedingt zum Tatort gehen und herausfinden, wie weit die Bande inzwischen war.

Er kletterte in den Hof und schlich zu dem Lastwagen hinüber. Dort war es dunkel und still. Er schlich weiter – und plötzlich stieß er mit jemandem zusammen, der regungslos neben dem Laster stand.

Dieser Jemand schrie etwas und hielt ihn fest. »He, wen haben wir denn da? Was machst du hier?«

Dann blendete ihn eine Lampe und er hörte Zebs Stimme: »Du! Der Junge, mit dem ich vor ein paar Tagen geredet habe! Was hast *du* denn vor?«

Er schüttelte Peter so grob, dass der beinahe hinfiel. Und dann kam Lump angeschossen!

»Grrrrr!« Er sprang Zeb an und biss ihn ins Bein. Zeb schrie gellend auf. Zwei von den anderen Männern kamen herbeigerannt.

»Was ist los? Was geht hier vor?«

»Ein Junge – und ein Hund!«, knurrte Zeb. »Los, los, Beeilung! Seid ihr fertig mit dem Ausladen? Der Kerl schlägt jetzt vielleicht Alarm.«

»Wo ist er? Warum hast du ihn nicht festgehalten?«, fragte einer der Männer wütend.

»Der Hund hat mich gebissen und da musste ich den Jungen loslassen«, sagte Zeb und rieb sich sein Bein. »Sie sind beide im Nebel verschwunden. Kommt, beeilt euch. Jetzt hat man uns entdeckt!«

Entsetzlich erschrocken, weil man ihn fast erwischt hätte, war Peter zu den anderen zurückgerast. Er bückte sich und tätschelte Lump. »Guter Kerl«, flüsterte er. »Mutiger Hund! Bravo, Lump!«

Lump wedelte erfreut mit dem Schwanz. Er verstand ganz und gar nicht, warum Peter ihn im dicksten Nebel an diesen seltsamen Ort geführt hatte, aber er war überall glücklich, wenn er nur bei ihm war.

»Wann kommt denn endlich die Polizei?«, flüsterte Colin. Er zitterte ebenso sehr vor Aufregung wie vor Kälte.

»Bald, nehme ich an«, flüsterte Peter zurück. »Ah – da kommt ein Wagen – nein, sogar zwei!«

Deutlich war das Herannahen von zwei Autos auf der Straße zu hören, die zu dem Verladebahnhof führte. Sie fuhren wegen des Nebels langsam. Sie hätten sehr viel schneller zur Stelle sein können, wenn die Sicht besser gewesen wäre.

Die Autos bogen in den Güterhof ein und hielten. Peter lief zu dem ersten hin. Es wurde von dem Inspektor gefahren und vier Polizisten saßen darin. Der zweite Wagen folgte dichtauf und Kriminalbeamte in Zivil sprangen aus ihm heraus.

»Inspektor! Sie kommen gerade rechtzeitig!«, rief Peter. »Der Lastwagen steht da drüben. Sie sind fertig mit Laden. Sie fassen sie gerade im richtigen Augenblick!«

Die Polizisten liefen zu dem großen schwarzen Schatten im Nebel hinüber, dem schweren Lastwagen. Zeb, Larry,

Charlie Frechdachs und die anderen Männer saßen alle darin mit der Ladung Blei hinter sich – aber sosehr Zeb auch suchte, er konnte den Zündschlüssel nicht finden!

»Nun fahr schon los, Mann!«, sagte Charlie Frechdachs. »Die Polizei ist da! Fahr sie über den Haufen, wenn sie uns anhalten wollen!«

»Der Zündschlüssel ist weg. Er muss runtergefallen sein!«, jammerte Zeb und leuchtete mit seiner Taschenlampe den Boden unter dem Lenkrad ab. Aber es nützte ihm natürlich überhaupt nichts – der Schlüssel steckte sicher und wohlbehalten in Peters Hosentasche!

Die Polizisten umzingelten den Lastwagen. »Das Spiel ist aus, Charlie«, sagte der Inspektor scharf. »Wir haben Sie auf frischer Tat ertappt!«

»Hätten Sie nicht, wenn wir diesen Laster hier ins Rollen gekriegt hätten!«, rief Zeb wütend. »Wer hat den Schlüssel? Das möchte ich gern wissen! Wer hat ihn?«

»Ich!«, rief Peter. »Ich habe ihn herausgezogen, damit Sie nicht mit dem Lastwagen fliehen konnten!«

»Gut, der Junge! Schlauer Kerl!«, sagte einer der Polizisten bewundernd.

Plötzlich lichtete sich der Nebel und im Schein vieler Lampen und Laternen war die Szene deutlicher zu erkennen. Der Lokomotivführer, der Heizer und der Schaffner kamen erstaunt aus dem Schuppen, um festzustellen, was sich da draußen tat. Zeb hatte sie in dem gemütlich warmen Raum allein gelassen, wo sie Tee getrunken und Karten gespielt hatten, um sich die Zeit zu vertreiben.

Die Bande versuchte nicht, Widerstand zu leisten. Es hatte keinen Sinn bei all den Polizisten um sie herum! Man schubste sie kurzerhand in die Polizeiautos, die schneller davonbrausten, als sie gekommen waren, da sie nun bessere Sicht hatten.

»Ich gehe mit euch zu Fuß zurück«, sagte der Inspektor vergnügt. »In den Wagen ist kein Platz mehr für mich, ein bisschen viel Gedränge im Augenblick.«

Er trug dem Lokomotivführer auf, seiner vorgesetzten Dienststelle telefonisch mitzuteilen, was sich zugetragen hatte, und überließ es dem verdutzten Mann und dem nicht weniger verdutzten Heizer und dem Schaffner, sich um sich selber und ihren Zug zu kümmern.

Dann marschierten er und die vier Jungen zu Peter nach Hause zurück. Seine Mutter machte große Augen, als sie die Tür öffnete und alle vier mit dem Inspektor davor standen!

»Ach, du liebe Zeit, was haben sie denn jetzt wieder angestellt?«, fragte sie. »Gerade ist ein Polizist da gewesen und hat sich beschwert, weil Peter vor ein paar Tagen mit seinen Freunden auf den Bahngleisen war.«

»Hm, auf den Bahngleisen war er allerdings schon wieder«, erwiderte der Inspektor und lächelte über das ganze Gesicht. »Aber was er diesmal getan hat, war sehr, sehr gut. Erlauben Sie, dass ich hereinkomme?«

Und dann wurde, während Janet aufgeregt zuhörte, die Geschichte dieses Abends erzählt.

»Sehen Sie«, schloss der Inspektor, »so haben wir nun Charlie Frechdachs endlich gefasst. Er ist der Anführer der Bande, die im ganzen Bezirk Güterzüge ausgeraubt hat.

Ein schlauer Kerl – aber eben nicht ganz so schlau wie die *Schwarze Sieben*!«

Strahlend verabschiedete der Inspektor sich schließlich, nachdem er noch einmal versichert hatte, wie sehr er die *Schwarze Sieben* bewundere. Als er gegangen war, drehte Peter sich zu den anderen um. »Morgen«, sagte er wichtig, aber mit glühenden Wangen, »morgen halten wir ein Treffen der *Schwarzen Sieben* ab und dazu laden wir die ›Fabelhaften Fünf‹ ebenfalls ein!«

»Warum das denn?«, fragte Janet überrascht.

»Damit wir ihnen einmal zeigen können, was ein richtiger Geheimbund ist!«, antwortete Peter. »Und um ihnen dafür zu danken, dass sie uns auf die Spur zu diesem aufregenden Abenteuer gebracht haben.«

»Ha! Das wird Susi gar keinen Spaß machen«, meinte Jack.

»Bestimmt nicht«, sagte Janet. »›Fabelhafte Fünf‹! Ha! Mit denen ist es jetzt vorbei!«

»Hoch die *Schwarze Sieben*!«, sagte Jack grinsend. »Hipp, hipp, hurra!«

Rückgabe spätestens am
